LA BELLE
LISIMENE
TRAGI-COMEDIE

DE M^r. DE BOIS ROBERT

Abbé de Chastillon.

A PARIS,

Chez TOVSSAINCT QVINET, au
Palais, fous la montée de la Cour
des Aydes.

M. DC. XLII.

Auec Priuilege du Roy.

A

MONSIEVR

DE

CAHVSAC,

LIEVTENANT DE LA
Compagnie de Cheuaux-Legers, de
Monseigneur le Cardinal, Duc de
RICHELIEV, & son Lieutenant
aussi au Gouuernement du Pont de
l'Arche.

MONSIEVR,

Ce n'est ny vostre grande re-
putation, ny l'estime particuliere
que le premier de tous les hommes fait de vo-

ã ij

ſtre grande Vertu, qui m'oblige à vous dédier
ce petit Ouurage, que tous mes Amys me demandent. C'eſt ma pure inclination, qui m'y
porte, et la paſſion extréme que ie conſerue
inuiolablement, & ſans diſcontinuation aucune à voſtre ſeruice, depuis quatorze ans
entiers, que i'ay l'honneur d'eſtre conneu de
Vous, & l'auantage de vous bien connoiſtre.
A qui, ie vous prie, pourrois-je plus iuſtement
preſenter mon PYRANDRE, qu'à Celuy
qui le fait reviure auiourd'huy par ſes actiõs,
& qui pour parler plus proprement, cache en
quelque façon le ſens moral de la Fable que
j'inuente ? I'eſpere, MONSIEVR, qu'elle
ſera encore mieux vn iour expliquée en voſtre
Perſonne, & que voſtre merite vous éleuera
ſi haut, que vous ne changerez pas volontiers
voſtre condition à celle des Princes d'Albanie. Mais ſans attendre dauantage, vous
pouuez, comme eux, fournir preſentement de
matiere aux plus beaux Romans, & plus ad-
uantageuſement en ce poinct, que nous ſerons
bien aſſeurez qu'ils partiront d'vne ſource
pure, & qu'ils auront vn fondement verita-

ble. *Vous n'auez iamais rien entrepris, qui ne vous ait heureusement reüssy; Vous n'auez iamais fait aucun combat, où vous n'ayez eu tout l'auantage.* Quelque modestie naturelle qui vous porte à cacher vos actions, vostre gloire est si manifeste, que personne ne l'ignore plus; Et qui ne sçait point aujourd'huy que vous estes le seul Autheur de la deliurance de Rhé, ne connoist pas le nom de Celuy qui en cette occasion, comme en beaucoup d'autres, s'est seruy de vostre courage, & de vostre adresse. Il n'appartient qu'à luy, MONSIEVR, de faire de iustes elections, sans toucher à ses autres qualitez, que ie ne regarde qu'auec respect, & que ie sçay mieux admirer que descrire. Il ne faut pas que ie vous cele, que me sentant obligé par ses bien-faits particuliers, & par ceux dont il a comblé toute la France, à luy donner desormais toutes mes pensées, i'ay presque esté sur le point d'emprunter l'éclat de son Nom, pour mettre ce petit liure en lumiere. Mais parce qu'il n'y a aucune proportion entre sa condition, & les galanteries que ie traitte, i'eusse veritable-

ment eu honte de mandier sa faueur & sa
protection pour des Princes fabuleux, cependant qu'il en protege de veritables, & que se-
rieusement toute l'Europe implore son assistance. A ce deffaut donc ie m'adresse à Vous,
qui auez cét honneur entre beaucoup d'autres, de porter la qualité de son Lieutenant;
& ie veux bien que l'on sçache qu'où il ne me
sera pas permis de ietter les yeux sur son
Eminence, & toutes les fois que quelque sorte
de respect m'empeschera de luy adresser mes
vœux directement, ie ne les adresseray iamais
qu'à ses Creatures. Quand vous ne seriez
pas vne des plus considerables, comme vous
estes, il suffit que vous soyez le premier dans
mon cœur, & dans mon estime, pour m'obli-
ger à rendre ce témoignage public, que ie suis,
& que ie fais gloire d'estre,

MONSIEVR,

Vostre tres-humble, & tres-
passionné seruiteur,

BOIS-ROBERT.

ARGVMENT·

LE s guerres de Thrace eſtant ache-
uées par la valeur de Pyrandre, ſol-
dat de fortune, qui s'eſtoit eſleué
par ſa vertu iuſques à la generalité
de l'Armée, & qui en pluſieurs batailles heureuſement terminées , auoit deffait
tous les ennemis de l'Eſtat ; Enfin le Roy ſe
voyant tout à fait paiſible, ſe reſout de r'appeller la Princeſſe Liſimene ſa fille, qu'il auoit eſté
contraint d'enuoyer en Albanie, prés de la Princeſſe Orante, ſa couſine germaine, ne croyant
pas qu'elle fuſt en ſeureté dans ſes Eſtats , pendant la fureur des guerres. A cet effeſt il depeſ-
che le Prince Pyroxene ſon fils, en Ambaſſade
vers le Roy d'Albanie ſon beau frere. Pyrandre,
qui eſtoit ſecretement amoureux de cette belle
Princeſſe, fille du Roy ſon maiſtre, obtient d'autant plus aiſément congé d'accompagner le
Prince en cette Ambaſſade, qu'il n'y auoit plus
rien à craindre du coſté des Ennemis, qu'il auoit
tous exterminez. Auſſi-toſt qu'ils ſont arriuez à

Croyé, ville capitale d'Albanie, où le Roy tenoit
sa Cour, la Princesse Orante sa fille deuient pas-
sionnément amoureuse de Pyrandre: & comme
elle ne cachoit rien à sa cousine Lisimene, dans la
longue amitié qu'elles auoient contractée, elle
luy declare franchement cette nouuelle passioñ.
Lisimene, qui estoit plus retenuë, & qui brûloit
secretement en son ame, de la mesme affection
pour ce Cheualier inconnu, qui auoit si dignement seruy le Roy son pere, s'efforce de destour-
ner cette amour naissante de l'esprit de sa cousine; luy represente l'obscurité de la naissance de
Pyrandre, la haine mortelle que le Prince Araxe
son frere luy portoit, & enfin la Fortune qu'elle couroit, s'il descouuroit iamais qu'elle s'aban-
donnast à des nopces si inégales. Toutes ces raisons ne gaignent rien sur l'esprit d'Orante, qui
se resout d'escrire à Pyrandre, & de l'appeller dés
la nuict mesme dans sa chambre, pour luy donner la foy de Mariage, voyant qu'elle ne le pouuoir esperer autrement pour espoux, & coniure
sa chere cousine de luy estre fidele & secrete. Lisimene craignant que la libre declaration qu'v-
ne si belle & grande Princesse alloit faire de son
amour à celuy qu'elle aymoit plus que sa vie, ne
fist d'abord quelque impression sur son esprit, elle se dispose, quoy qu'auec beaucoup de peine, à

preuenir

preuenir fa coufine ; & rencontrant fur ce bon
mouuemenr Pyrandre, qui fans la voir s'entre-
tenoit de fa paffion, elle la feconde difcretement
de la fienne, & luy promet de luy en donner de
meilleures preuues, quand la bien-feance le luy
permertroit. Pyrandre rauy de eette bonne fortune, qu'il n'attendoit point, reçoit au milieu de
fes tranfports la lettre d'Orante, qui l'appelloit
dans fa chambre. Cela le furprend extrememenr:
toutefois il cache fon émotion au Page porteur
de la lettre, auquel il ordonne de venir dans vne
heure querir la refponce : & trouuant fur ce
temps-là le Prince Pyroxene, qui brufloit d'vne
paffion extreme pour Orante, il luy découure la
fecrette amour qu'elle auoit pour luy. Ce Prince
amoureux, qui croyoit ne trouuer aucû obftclee
en ce violent defir, qui luy venoit de naiftre pour
Orante, fe trouue merueilleufemét eftonné de la
voir engagée pour vn autre, & témoigne fon defefpoir à fon amy, qui le confole de toute fa puiffance. Et parce que la lettre de la Princeffe portoit, qu'il n'y auroit autre flábeau dans fa châbre
que celuy d'Amour, Pyrandre luy perfuade de
l'aller trouuer en fa place à la faueur des tenebres,
qu'il luy feroit bien aifé de la tromper. Pyroxene
y refifte quelque temps : mais enfin vaincu de la
violence de fon amour, il croit le confeil de fon

ē

amy, refpond à la lettre de la Princeffe fous
nom de Pyrandre, & luy promet de l'aller trou
uer au rendez-vous amoureux. Orante rauie d
ioye de voir que fon cher Amant refpondoit
fon defir, fait part auffi-toft de fa bonne fortu
à Lifimene, qu'elle aimoit fi cherement, & crû
que fes fecrets ne fortiroient point de fon cœu
encore qu'ils luy fuffent reuelez, parce qu'elle
confideroit comme vne autre foy-mefme. Ell
la cõiure de plus de luy ayder à attacher l'échell
de cordes, par laquelle fon Amant deuoit veni
Lifimene troublée de cette lettre, qu'elle vi
refcrite de la main de Pyrandre, & qu'elle crû
eftre veritablement partie de fon cœur & de fo
efprit, voyant tant de preparatifs, entra en quel
que foupçon de la fidelité de Pyrandre: & parc
que l'heure approchoit, dans laquelle il deuoi
paffer par le iardin & la chambre d'Orante pou
eftre efclaircie de ce doute, elle fe cache derrier
vne palliffade, & voit paffer Pyroxene, qui f
couloit à la faueur de la nuict. D'abord elle l
prend pour Pyrandre: vomit cõtre luy mille for
tes d'imprecations, & fe trouue tentée de le tire
par le manteau, pour luy reprocher fa perfidie.
Mais n'en ayant pas le courage, elle le laiffe aller
dans les bras d'Orante. Alors defefperée du mef
pris qu'il auoit fait de fa naiffance & de fa beau-

é, ſans conſiderer qu'elle perdoir ſa couſine, & qu'elle eſtendoit ſa vengeance ſur des Innocens, dans l'ardeur de ſa colere & de ſon reſſentiment, elle va trouuer Araxe, frere d'Orante, Prince mal-né, brutal, & malfaiſant, & luy découure le deſ-honneur que Pyrandre imprimoit dans la mai-ſon Royale. Araxe, qui haïſſoit mortellement ſa ſœur, & qui portoit enuie à la vertu de Pyran-dre, eſt bien aiſe dans vne ſi belle occaſion de ſe vanger de l'vn & de l'autre: ſe fait conduire de ce pas à la chambre de la Princeſſe, & ouurant ſa porte auec vn paſſe-par-tout, entre dedans, ſuiuy de ſix de ſes Gardes. Pyroxene, qui n'eſtoit pas à pour dormir, s'eſcrie ſeulement qu'ils eſtoient trahis ; & ne faiſant qu'vn ſaut du lict à la fene-tre, ſe ſauue par l'échelle de cordes, par laquelle il eſtoit monté. Araxe crie qu'on aille apres, qu'on le prenne viſte, ſi l'on peut, afin qu'il ſoit chaſtié par la Iuſtice. Mais Pyroxene, ſans ſe trou-bler, ayant vne eſpée courte dans ſa main, coupe deux ou trois des échellons, ſi bien que les ſol-dats ne trouuans point ſur quoy aſſeurer le pied, tombent lourdement à terre, ſe rompent les bras & les iambes, & donnent tout loiſir au pauure A-mant de fuir, & de gagner le logis. Les larmes de cette Princeſſe infortunée ne gagnent rien ſur l'eſprit de ce Prince brutal, qui la donne en garde

à trois Archers: & fentant que ceux qui auoient
fuiuy Pyroxene s'eftoient eftropiez par leur
cheute, il en va prendre d'autres, pour inueftir la
logis de celuy qu'il croyoit auoir deshonoré fa
maifon. D'ailleurs Pyroxene, qui s'eftoit fauué,
va promptement éueiller Pyrandre, luy dit que
fes larcins amoureux eftoient découuerts par A-
raxe, qui le cherchoit, comme feul autheur du
crime, qu'il s'habillaft en diligence, & qu'apres
qu'il fe feroit mis en quelque lieu de feureté, il
iroit conter au Roy comme l'affaire s'eftoit paf-
fée, & qu'il efperoit en ce faifant, obtenir fans
difficulté la Princeffe en mariage. Pyrandre habillé à la hafte, effaye de fe fauuer: mais ceux qui
eftoient aux aguets le furprennent, & le menent
en prifon, comme ils auoient defia fait la Princeffe Orante. Pyroxene defefperé d'eftre le feul
autheur de l'infamie de fa maiftreffe, & de la perte infaillible de fon amy, fe refout de s'aller ietter
aux pieds du Roy, & de fauuer l'honneur de fa
fille en la luy demandant en mariage. Mais auparauant il va voir la Princeffe emprifonnée, fe iet-
te à genoux deuant elle, & luy demande pardon
de fa fuppofition. Orante preoccupée de cette
forte imagination, qu'elle auoit donnée de fon
amour au feul Pyrandre, reiette Pyroxene, & fe
va figurer que c'eftoit vne fourbe qu'il inuen-

toit, pour eſſayer de ſauuer la vie à ſon amy.
D'autre-part, Liſimene faiſant reflexion ſur les
ſeruices que Pyrandre auoit rendus au Roy ſon
pere, & ſur l'affection qu'elle auoit euë pour luy,
elle ſe repent de ſa vengeance precipitée : &
quoy que veritablement elle le crût infidelle, elle ne ſe peut empeſcher de le plaindre, & de l'aller viſiter dans la priſon. Elle n'a pas eſté vn quart
d'heure auec luy, qu'elle ne découure ſon innocence, qui la comble de regrets & de douleurs.
Et comme elle eſt preſte de témoigner ſon de-
ſeſpoir à ſon cher Amant, & de luy demander
pardon de ſon iniuſte & brutale vengeance, elle
en eſt empeſchée par le Iuge criminel, qui vient
prononcer l'arreſt de mort à Pyrandre. Ne pouuant faire autre choſe pour cette heure, elle va
trouuer le Roy, qui venoit non ſeulement d'eſtre
deſabuſé par Pyroxene, mais qui auoit encore
appris du Iuge criminel, que Pyrandre eſtoit ſon
propre fils. Araxe, qu'il auoit autrefois eſleué
ieune enfant, par le commandement de ſa Majeſté, lors qu'il le fit cacher, & feindre ſa mort, pour
fauoriſer la recherche que ſadite Majeſté faiſoit
en ſecondes nopces de la Princeſſe de Thrace, laquelle auoit longuement reſiſté à ce mariage,
parce que le Roy d'Albanie auoit vn enfant qui
deuoit heriter de ſes Eſtats, & qu'il n'y auoit

plus rien à esperer pour ceux qu'elle mettroit au
monde; Enfin il se découure qu'Araxe le brutal,
fils de ce Iuge Criminel , auoit esté supposé en la
place du veritable Araxe, qui s'estoit desrobé dés
l'âge de dix ans de la maison de son pere putatif,
& qui sous le nom de Pyrandre auoit tant signalé son courage. Le Roy rauy de *l'Heureuse trom-*
perie de Pyrandre, & de rencontrer en luy vn enfant vertueux & magnanime , pour vu brutàl
qu'il pensoit auoir, depesche sur l'heure mesme
au Roy de Thrace son beau-frere, pour luy faire
agréer les deux mariages de Pyrandre auec Lisimene,& de Pyroxene auec Orante. Le faux Araxe se presente là dessus , qui fait mille imperti-
nences. Mais le Roy, pour le respect du titre qu'il
auoit porté, & pour recompenser aussi les serui-
ces de son pere, luy donne la charge de Cheualier d'honneur de la Princesse,& Dorine, vne de
ses filles d'honneur, en mariage.

PRIVILEGE DV ROY.

LOVIS par la grace de Dieu Roy de France & de Nauarre, à nos amez & feaux Confeillers tenans nos Cours de Parlemens, Baillifs, Senefchaux, & à tous autres Iuges & Officiers qu'il appartiendra, chacun endroit foy: Salut. Noftre her & bien amé le Sieur de BOIS ROBERT, nous a ait remonftrer, qu'il a compofé vn liure intitulé, *L'heureuſe Tromperie, Trage-comedie*, lequel il defireroit faire imprimer, & mettre en lumiere, s'il nous plaifoit luy en accorder la permiffion; requerant à cefte fin nos lettres fur ce neceffaires. A CES CAVSES, voulant contribuer au loüable deffein dudit Sieur de BOIS-ROBERT, luy auons permis & permettons de faire imprimer ledit liure, par tel Libraire ou Imprimeur qu'il voudra choifir: faifons deffences à tous autres Libraires & Imprimeurs, d'imprimer ou faire imprimer durant le temps & efpace de neuf ans, à compter du iour & datte que ledit liure fera acheué d'imprimer, à peine de confifcation des Exemplaires, qui fe trouueront auoir efté imprimez, & de quinze cens liures d'amende à celuy qui en fera trouué faifi, dont la moitié nous appartiendra, & l'autre moitié à l'expofant; & de tous defpens, dommages, & interefts. Voulons que ces prefentes foient tenuës pour bien fignifiées, en faifant mettre vn extraiĉt fommaire d'icelles au commencement ou à la fin de chacun exemplaire dudit liure. SI VOVS mandons, & en-

jõignons, que du prefent Priuilege & du contenu en ice-
luy, vous faites & fouffriez ledit expofant, & ceux qui
auront droiæt de luy, iouyr & vfer plainement & paifi-
blement, & à ce faire fouffrir & obeyr, en contraignant
tous ceux qui pour ce feront à contraindre par toutes
voyes deuës & raifonnables. MANDONS & comman-
dons au premier noftre Huiffier, ou Sergent fur ce re-
quis, faire pour l'execution des prefentes tous exploiæts
& faifies neceffaires, fans pour ce demander congé, vifa,
ne pareatis : car tel eft noftre plaifir;nonobftant clameur
de haro, chartre normande, & autres lettres à ce con-
traires. A la charge toutesfois que ledit expofant fera tenu mettre deux exemplaires dudit liure en noftre Bi-
bliotheque. Donné à Paris,le vingt troifiefme iour d'A-
uril, l'an de grace mil fix cents trente-trois, & de noftre
Regne le vingt-troifiefme. *Signé*, Par le Roy en fon
Confeil, DE LA TOVR. Et fellé du grand feau
de cire jaune.

*LE dit fieur de BOIS-ROBERT a cedé & tranfpor-
té à Touffainæt Quinet, marchand Libraire à Paris,
le fufdit Priuilege, pour ledit liure intitulé, L'Heureufe
Tromperie, Trage-comedie, afin de l'imprimer, ou faire
imprimer, le vendre & debiter pendant le temps porté par
le fufdit Priuilege, ainfi qu'il a efté accordé entr'eux par aæte
paffé pardeuant les Notaires, le dernier iour de May, mil fix
cents trente-trois.*

LES ACTEVRS.

PYRANDRE, Amoureux de Lisimene.

PYROXENE, Fils du Roy de Thrace, Amoureux d'Orante.

ORANTE, Fille du Roy d'Albanie.

LISIMENE, Fille du Roy de Thrace.

DORINE, Fille d'honneur de Lisimene.

LE ROY D'ALBANIE.

ARAXE, Fils putatif du Roy d'Albanie.

ARISTON, Page de la Princesse Orante.

ATYS, Iuge Criminel d'Albanie.

LE PREMIER EXEMPT de la garde du Prince.

LE SECOND EXEMPT.

LES SOLDATS DE LA GARDE.

LE GEOLIER.

La Scene est en Albanie.

L'HEVREVSE TROMPERIE.

TRAGE-COMEDIE.

ACTE PREMIER.

SCENE PREMIERE.

ORANTE.　LISIMENE.

ORANTE.

V perds temps de vouloir icy me se-
　　courir,
Ma sœur, mon mal me plaist, ie n'en
　　veux point guerir,
A tes foibles raisons ie ne sçaurois me rendre :
Ie confesse que i'ayme, & veux aymer Pyrandre.
Tu dis qu'il n'est point né de parens releuez,

A

Dont les vieux tiltres soient dans les Palais grauez :
Mais qu'importe, dy moy, qu'il soit de sang illustre,
Si de sa Vertu seule il tire tant de lustre ?
Ceux qui font esclatter leur Race, & la valeur
De leurs Ancestres morts, ne vantent rien du leur.
A ses propres effects son ame est occupée,
Et sa gloire en vn mot depend de son espée.
Par elle il a vaincu des milliers d'ennemis,
Par elle il a ton Pere en son throsne remis,
Et faict le doux repos dans lequel il commande,
Et tu luy veux chercher vne gloire plus grande?
Iuge par ses beaux faits, dont tu m'as tant parlé,
Qu'il est plus glorieux de se voir signalé
Par le nombre des Roys soubmis à sa vaillance,
Que par ceux dont sans gloire il auroit pris naissance.

LISIMENE.

Pyrandre est genereux, ie t'accorde ce poinct,
Le bruit de sa valeur ne se conteste point :
Mais ie dy qu'estant né subject du Roy mon pere,
A tes desseins trop bas ie ne sçaurois complaire.
Espouser vn sujet ! toy ma sœur qui pourrois
Assuiettir à toy les cœurs des plus grands Rois !
Ah ! tu t'exposerois par trop à l'infamie,
Et tu deuiendrois bien de toy-mesme ennemie.
Ie veux qu'auec honneur tu le peusses choisir,

L'intereſt de l'Eſtat doit regler ton deſir.
Le Roy qui met en toy ſa plus chere eſperance,
Te deſtine ſans doute à plus haute alliance ,
Et ne peut à ce choix donner conſentement :
Ton frere, d'autre part, te hait mortellement,
Et de ſes yeux jaloux nuict & iour eſclairée,
Tu ſerois pour Pyrandre enfin deshonorée.

ORANTE.

Ah ! ie voy bien pourquoy tu rauales ſon pris,
Ton frere aſſeurement a cauſé ce meſpris :
Mais ne t'ay-je pas dit que ſa recherche eſt veine,
Et qu'Orante iamais n'aymera Pyroxene ?
Depuis qu'il fait deſſein d'eſtre mon poſſeſſeur,
Tu vois bien qu'à regret ie t'appelle ma ſœur ;
Cependant en ton cœur tu le ſouſtiens encore,
Et tu me viens blaſmer Pyrandre que i'adore ?
Ie croyois qu'en mon feu tu me deuſſes flater,
Au lieu d'y contredire, au lieu d'y reſiſter.
Ie croyois qu'à mon mal, ſi grand, & ſi durable,
Contre tes intereſts tu ſerois ſecourable.

LISIMENE.

Les Dieux me ſont teſmoins, Orante, que ton bien,
Et ton contentement m'eſt plus cher que le mien :

Mais ie n'auray iamais de complaisance lâche,
Où ton honneur pourra souffrir la moindre tâche:
Depuis que de ton cœur ie voy mon frere exclus,
Tu sçais bien qu'en effect ie ne t'en parle plus.
I'aymerois mieux mourir que de t'auoir forcée
A cherir vn object contraire à ta pensée:
Mais quant à l'Incogneu dont tu fais ton Amant,
Tu l'aimes, ie l'auoue, vn peu trop ardamment;
Pour monstrer combien peu ta passion le touche,
Il n'a deuant tes yeux iamais ouuert la bouche,
Marque certainement qu'il n'est point enflamé,
Ou plutost qu'il se sent indigne d'estre aymé.

ORANTE.

Crois-tu que pour cela ma flâme diminuë?
Au contraire, i'ay droict d'aymer sa retenuë.
Le respect que Pyrandre a pour ma qualité,
Sans doute est l'argument de sa timidité:
Apres tout ie l'adore, & sens bien que ma flâme
Est plus digne d'honneur mille fois que de blâme,
Recognoy que ie t'ayme infiniment, ma sœur,
De ne te pas cacher le secret de mon cœur,
Et de m'ouurir à toy dessus telle importance:
Laisse-là ton conseil, ie veux ton assistance.
Puis qu'il t'emmeine en Thrace, où ses illustres fais
Ont en fin restably le repos & la pais,

Fay qu'il m'emmeine auſſi , permets que ie te ſuiue,
Flate ma paſſion, ſi tu veux que ie viue:
Ou ſi tu ne peux pas m'emmener quand & toy,
Qu'auant qu'il parte au moins il me donne ſa foy.

LISIMENE.

Sachant bien que mon frere eſt Chef de l'Ambaſſade,
Couſine, en verité ton eſprit eſt malade,
De penſer à nous ſuiure, & de ne iuger pas ,
Que la honte ſeroit compagne de nos pas.
Au reſte, de ton chef fay ce qu'Amour t'oydonne,
Puis qu'il n'approuue pas les conſeils que ie donne.
Quand ie te contredis , croy que c'eſt à regret,
Sur tout ie te promets de garder le ſecret.

ORANTE.

Mon ame, il me ſuffit, c'eſt aſſez me promettre,
Ie m'en vay deſcouurir mon cœur dans vne lettre,
Et ſi tu ne m'es pas fauorable en ce poinct,
Ma chere Liſimen, au moins ne me nuy point.

SCENE SECONDE.

LISIMENE SEVLE.

SI tu me connoiſſois, tu ſerois plus diſcrette,
I'ay plus d'amour que toy, mais ie ſuis plus ſecrette;
Pauure Orante abuſée, à qui deſcouures tu
Les ſentiments confus de ton cœur abatu?
Quel ſecours puis-ie icy te donner imprudente,
Eſtant de ton amour riuale, & confidente?
Tu veux que ie t'aſſiſte, & me ſentant mourir,
Ie cede au meſme mal, ſans m'oſer ſecourir.
Tu veux que ie te ſerue en ce peril extreme,
Et ie n'ay pas le cœur de me ſeruir moy-meſme!
Mon courage à mon feu ne ſçauroit conſentir.
Si ie le cache mieux, ie le ſçay mieux ſentir:
Depuis deux ans entiers que ie ſuis toute en flame,
Vn ſeul trait de mes yeux n'a pas trahy mon ame:
I'auois ſeulement honte auoüant à mon cœur
Que l'aimable Pyrandre en eſtoit le vainqueur:
Mais il faut condamner enfin ma retenuë,
Ie meurs deja de peur de me voir preuenuë:
Orante a fait deſſein ſur ce cœur genereux,
Qui ſe voyant aimé ſera toſt amoureux.
I'ay connu par ſes yeux qu'en crainte il me careſſe,

Et ſens bien que ie ſuis doublement ſa Maitreſſe:
Mais il preferera, s'il n'eſt bien degouſté,
La franche humeur d'Orante à ma ſeuerité.
Sus donc aimons Pyrandre, on ignore ſon eſtre,
Mais par ſes actions il s'eſt trop fait conneſtre.
Quiconque voit ſes mœurs ne peut iuger ſinon
Que ſon ſang eſt illuſtre, auſſi bien que ſon nom.
Ie ſens qu'il eſt né Prince, & i'ay ce teſmoignage,
D'vn certain mouuement, qui part de mon courage.
Il eſt trop glorieux, pour faire election
D'vne flame inégalle à ma condition.
Mais voy-ie pas venir cet Aſtre de mon ame,
Solitaire & penſif entretenant ſa flame?
Il eſt ſi diuerty du ſoin des ſes amours,
Qu'il ne m'aperçoit point, entendons ſes diſcours.

SCENE TROISIESME.

PYRANDRE. LISIMENE.

QVe vous ſert-il, mes yeux, pour augmenter ma
　　peine,
De chercher en ce lieu l'ingrate Liſimene?
Vous ſçauez que ie l'aime, autant que ie la crains:
Ses apas ſont touſiours gardez par ſes dédains,
Entr'eux on voit fleurir mille graces diuines,

Comme boutons de rose au milieu des espines,
Ie suis desesperé, lors que i'en suis absent:
Et lors que ie la voy, mon cœur est languissant:
De mille passions mon ame est combatuë,
Sa beauté me rauit, sa cruauté me tuë,
Quand i'ay perdu ses yeux, ie suis dans les enfers,
Et lors que ie les trouue, aussi-tost ie me perds.
O Ciel! iniuste Ciel, qui me la fis si belle,
Pourquoy m'as-tu fait naistre au monde indigne d'elle,
Puis qu'en effet ie l'aime, & que tu l'as permis?
Ie me suis fait l'effroy de tous ses ennemis,
Qui m'ont consideré comme vn Dieu des batailles:
I'ay brisé des rochers, i'ay forcé des murailles,
Et ie n'ay pas sceu vaincre vn mespris seulement,
De ses yeux que mon ame adore vainement!
O Dieux! ie la voy seulle, & ie tremble de crainte,
Qu'elle n'ait entendu les accens de ma plainte.

LISIMENE.

Il suffit que pour moy ie le trouue constant,
Retenons nous vn peu, n'en descouurons pas tant;
Dequoy discourois-tu maintenant en toy-même
Pyrandre? PYR. *Ie pleignois l'impatience extrême,*
Que le Roy vostre pere aura de vous reuoir.

LISIMENE.

LISIMENE.

Nous irons dans deux iours luy rendre ce deuoir:
Mais ie suis bien trompée, ou parlant d'vne flame,
Que l'Amour a causée au profond de ton ame,
Tu pleignois seulement ta peine, & tes tourmens;
PYRANDRE.
Madame, excusez-moy.
LISIMENE.
Tu sçais bien si ie mens,
Ne roug y point, ton cœur est trahy par ta bouche,
Ie veux sçauoir le nom de celle qui te touche:
Ne me le cele point, dy le moy hardiment,
Ie veux m'interesser en ton contentement.

PYRANDRE.

Deesse dont les yeux lisant dans nos pensées,
Sçauent mieux l'auenir que les choses passées;
Puis que vous cognoissez le mal qu'Amour me fait,
Deuinez en la cause aussi bien que l'effect.

LISIMENE.

On deuine aisément ce que l'on vient d'entendre:

B

PYRANDRE.

Si ne ſçaurez vous pas le reſte de Pyrandre.

LISIMENE.

Et ſi ie le ſçauois? Pyr. *Ah! que ie ſuis confus!*
Ie couperois ma langue, & ne parlerois plus.

LISIMENE.

Ce ſeroit grand dommage, elle eſt trop eloquente,
A depeindre pour moy le mal qui me tourmente.
Pyr. *Madame?* Lis. *Que crains-tu?*
Pyr. *Pardonnez à mon ſort:*
I'ay trahy le reſpeĉt, ie merite la mort.

LISIMENE.

Pyrandre, leue toy, ie ne fais pas vn crime
De la diſcrette ardeur d'vn cœur ſi magnanime;
Il eſt vray que iamais ie ne t'en ay tant dit;
Mais ta grande vertu, qui te met en credit,
Et qu'en naiſſant, du Ciel tu receus en partage,
Ne veut pas que mon cœur ſe cache dauantage.

Nous sommes tous heureux, par l'effort de ton bras,
I'offencerois le Ciel, si ie ne t'aimois pas:
Perseuere en ta foy, soy constant, & peut estre
Que ie la sçauray mieux quelque iour reconnestre.

PYRANDRE.

O bonté sans exemple en l'Object le plus beau,
Que iamais éclaira le celeste flambeau!
Princesse honneur du monde, adorable merueille,
Que ie suis glorieux, s'il est vray que ie veille!
Et que mes sens d'amour, & d'aise transportez,
Par vne illusion ne soyent point enchantez.

LISIMENE.

Va, tu n'es point trompé, quelque amour qui t'ap-
        pelle,
Souuien toy de m'aimer, & de m'estre fidelle.

PYRANDRE.

Arbitres souuerains du bon-heur des mortels,
Fauorables Destins, que ie vous doy d'Autels!
LISIMENE.
C'est assez, retien bien ce que ie te commande;

B ij

PYRANDRE SEVL.

O que mon ſort eſt doux! que ma fortune eſt grande!
Amour qui reconnois ſi dignement ma foy,
En vois tu ſoubs ton Regne vn plus heureux que moy?
I'ay bien acquis en Thrace vne gloire infinie,
Mais ie ſuis plus-heureux encor en Albanie;
Et ie n'attendois pas tant de felicité
De ce rare ſuccez de ma fidelité.
A deux genoux Amour, ie te veux rendre hommage;
Mais qui me vient troubler? que veut dire ce Page,
Qui vers moy s'achemine, à trauers de ces fleurs?
De la Princeſſe Orante il porte les couleurs,
C'eſt à moy qu'il en veut;

SCENE QVATRIESME.

ARISTON. PYRANDRE.

ARISTON.

MOnſieur ie vous apporte
Vn bien ineſperé, qui d'aiſe vous tranſporte;
Qui vous comble d'honneurs, & de contentements;
Et qui vous rend hereux deſſus tous les Amans.

PYRANDRE.

De quelle part? ARIS. d'Orante,
PYR. A moy Page? ARIS. A vous même,
Cette lettre en fait foy. PYR. La surprise est extrême;
Mais lisons cet escrit, sans la desobliger,
Contreingnons nous vn peu deuant son Messager.

LETTRE D'ORANTE,
A PYRANDRE.

PVis que deuant mes yeux tu trembles,
    Et que le respect que tu sembles
Porter à ma condition;
Me reduit à ce point extreme,
De preuenir ta passion,
Scache Pyrandre que ie t'aime.

Perdant pour toy la grauité
Du sexe, & de ma qualité,
Ie me declare ta Maistresse;
Ta vertu te prefere à tous,
Et fait qu'vne grande Princesse,
Te prend aujourd'huy pour espous.

B iij

Passe au iardin, & vien chez moy
Cette nuit receuoir ma foy,
Que ie te garde toute entiere;
L'échelle est au pied de la tour,
Ie t'attends, sans autre lumiere
Que celle d'Hymen, & d'Amour.

Page, au bon heur present, que le Destin m'enuoye,
Laisse moy quelque temps mediter sur ma ioye;
Et dans vne heure ou deux tu dresseras tes pas
Vers nostre apartement, ARIS. Ie n'y manqueray pas.

PYRANDRE SEVL.

O Dieux! quel coup mortel au cœur de Pyroxene,
Quand il sçaura par moy que son amour est vaine
Pour la Princesse Orante; & que ce cher objeĉt
Brusle, mais vainement, pour vn autre sujeĉt!
Cet Amoureux discret n'a pas la hardiesse
De descouurir sa flame, & son depart le presse.
Le Roy, qui sans nous trois ne peut viure content,
Auec impatience en Thrace nous attend:
Sans cesse dans les bois ce ieune Amant souspire,
Les Arbres, les Rochers sçauent tous son martire;
Et void ce premier feu dont il est embrasé
Ignoré seulement des yeux qui l'ont causé.

Ie m'en vay le chercher, pour soulager sa peine;
Autant pour contenter ma chere Lisimene,
Que pource que ie l'aime, & qu'estant mon Seigneur,
Ie dois au Roy son pere, & les biens, & l'honneur.
Mais le voicy qui vient; le mettray-ie en ceruelle,
En luy contant d'abord cette triste nouuelle?
Dieux qu'il me fait pitié! que ie preuoy de pleurs
Au sentiment cruel de ses iustes douleurs!

SCENE CINQVIESME.

PYROXENE PYRANDRE.

PYROXENE.

A My tu cheris bien ces belles pallissades,
Dont le verd gueriroit les yeux les plus malades.
Tout seul depuis midy ie te cherche, & pensois
Que le chaud t'auroit fait retirer dans le bois.

PYRANDRE.

O Prince malheureux! à qui ie fais plus d'ombre,
Que cette pallissade, & ce bocage sombre!
Qu'il vaudroit beaucoup mieux pour vous, estre priué
De me voir à iamais, que de m'auoir trouué.

PYROXENE.

En quelle inquietude helas! me viens-tu mettre,
Pyrandre, quedis tu? PYR. Consultez cette lettre,
Et voyez que ie suis, pour engager ma foy,
Cette nuit chez Orante appellé mal gré moy.
PYRAN. Le pauure Amant se trouble:
PYROX. O Dieux! est il possible?

(Il lit la lettre.)

PYRANDRE.

Il chancelle, il se pasme, il demeure insensible,
Estrange effect d'Amour! ie trouue ce ruisseau
Prés de nous à propos, pour luy iettet de l'eau.
Monsieur, prenez courage, il reuient en luy mesme:

PYROXENE.

Que ne me laissois-tu dans le riuage blesme,
Apres m'auoir osté l'espoir de mon Amour?
N'es-tu pas bien cruel de me rendre le iour?
Ton zele est indiscret, ie blasme ton enuie,
Tu conserues ma peine, en conseruant ma vie:
C'est trahir l'amitié que de me secourir,
Retire toy Pyrandre, & me laisse mourir.

PYRAN-

PYRANDRE.

Ie suis iusqu'au trespas resolu de vous suiure:
Si vous voulez mourir, ie veux cesser de viure.

PYROXENE.

Que ce propos sied mal à toy, le plus heureux,
Et le plus fauory de tous les Amoureux!
Vy Pyrandre, & iouy de ta bonne fortune;

PYRANDRE.

Les Dieux me sont tesmoins qu'elle m'est impor-
    tune,
Que ie ne veux iamais Orante posseder,
Et que si ie la prens., c'est pour vous la ceder.

PYROXENE.

Me dis-tu vray, Pyrandre? helas! est-il possible,
Cher Amy, que tu sois à mon feu si sensible?
PYRANDRE.
Si vous voulez m'aïder, & me prester les mains,
Ie vous rendray content dessus tous les humains
                                        C

PYROXENE. *Propose.*

PYRAN. *Vous voyez que l'aimable Princesse,*
M'appelle cette nuit dans sa chambre, & me presse
De luy porter ma foy dans cet obscur sejour,
Où ne doit esclairer que le flambeau d'Amour.
Glissez-vous en ma place à la faueur de l'ombre:
Qui vous descouurira? la nuit doit estre sombre,
Nul ne sçait l'entreprise, & vous pourrez partant
Aller sans crainte aucune, où la Belle m'attend.
Puis que vous vous sentez eslongné de sa grace,
Que vous estes pressé de retourner en Thrace,
Et qu'il vous faudroit bien, & du temps, & des pleurs,
Pour ramener son cœur, qui se destourne ailleurs,
Prenez l'occasion que l'Amour vous presente;

PYROXENE.

Mais tu seras perfide à l'amoureuse Orante?

PYRANDRE.

I'ayme mieux la trahir, que manquer d'Amitié,
Ie vous doy tous mes soins, & toute ma pitié.
Mais pourquoy la trahir, vous mettant en ma place?
Au lieu de l'offencer ie croy luy faire grace;
Outre que vous tenez au monde vn mesme rang,

Que vous eſtes egaux de biens, d'âge, & de ſang,
Ce que ie ne ſuis pas, vos qualitez plus belles,
Capables de fleſchir les cœurs les plus rebelles;
Feront qu'vn iour Orante en vn ſens plus raſſis
Prendra plaiſir de voir vos deſſeins reüſſis;
Et n'eſtant plus pour moy d'Amour preoccupée,
M'aimera de l'auoir heureuſement trompée.

PYROXENE.

Ie le veux, ton conſeil me plaiſt infiniment,
Mais pour ne tromper pas Orante abſolument,
Ie m'en vay ſous ton nom reſpondre à cette lettre,
Et luy tiendray la foy que ie luy vay promettre.

PYRANDRE.

C'eſt bien dit, haſtons-nous, ie voy finir le iour,
Et le Page chez moy ſera toſt de retour.
Ie copiray la lettre, & puis ie l'iray rendre:
Que ſi vous vous changez par amour en Pyrandre,
Souuenez-vous, Monſieur, que les Dieux enflamez,
Se ſont bien autresfois en beſtes transformez.

Fin du premier Acte.

L'HEVREVSE TROMPERIE.
TRAGE-COMEDIE.

ACTE SECOND.

SCENE PREMIERE.

ORANTE SEVLE.

Il est re-
presenté
dans la
nuit,&
le troi-
siesme
aussi.

Fidelle confident de tous mes desplaisirs,
A qui i'ay sans reserue ouuert tous mes
    desirs;
Puis que tu sçais l'ardeur du feu qui me
    tourmente,
Pourquoy fais-tu languir mon amoureuse attente?
Ariston, que ie souffre en l'estat ou ie suis!

Et que l'impatience augmente mes ennuis!
Depuis que ie t'attends, deux heures sont passées,
Et le soupçon cruel, qui trouble mes pensées,
Me dit que ton voyage aura mal reüssy,
Vers celuy que peut-estre en vain i'appelle icy.
Pyrandre auroit-il bien ma flame reiettée?
L'ingrat m'auroit-il bien indignement traitée,
Pour les trop libres vœux de ce cœur enflamé,
Coupable seulement de l'auoir trop aimé?
Ah! ie ne le croy pas, son ame genereuse
Doibt estre plus sensible à ma peine amoureuse.
Sur ce doute ie pleure, & ne m'en puis tenir:
Il est nuit toute noire, & ne voy rien venir
La lune qui decroist desia ses feux eslance,
Et son œil, qui par tout establit le silence,
Et prend soin du repos de tous les animaux,
Me void souspirer seule au milieu de mes maux.

SCENE SECONDE.
ARISTON ORANTE.

ARISTON.

Pyrandre a fait responce, & tiendra sa promesse,
Voicy qui rauira l'esprit de ma maitresse.

Ie vole en luy portant ce gage precieux,
Qu'elle doit plus cherir mille fois que ses yeux.
Madame. ORA. *I'oy du bruit, mon Ariston m'apelle:*
Page, est-ce toy mon cœur? he bien, quelle nouuelle?

ARISTON.

Bannissez vos soupçons, resueillez vos plaisirs,
Madame, tout succede au gré de vos desirs.
Pyrandre est tout à vous, & tenez-vous certaine,
Que dans vn heure ou deux icy ie vous l'ameine,
Voyez ce qu'il vous mande.
O R A N T E. *O bien heureux écrit,*
Qui viens pour adoucir l'aigreur de mon esprit!
Auant que ie te life, & relife à mon aife,
Il faut que mille fois ie te baife, & rebaife.

LETTRE DE PYROXENE
A ORANTE,
fous le nom de Pyrandre.

PVis que vous me permettez
D'eftre efclaue des beautez,
Dont i'adore la puiffance;
Nymphe qui bleffez les Dieux,
Et qui brillez par vos yeux,
Plus que par voftre naiffance;

Ie suis prest de receuoir
Ce bien, en vous allant voir,
Que la Fortune m'enuoye;
Pourueu que trop amoureux,
En ce moment bien heureux,
Ie ne meure point de ioye.

N'vse pas de ces mots, Pyrandre, mon desir,
C'est moy qui dois mourir d'vn excez de plaisir;
C'est moy qui de nous deux me sens la plus heureuse,
Comme la plus charmée, & la plus amoureuse.
Mes vœux impatiens ie ne puis retenir;
Vien donc, ma chere vie, haste toy de venir.
Ie prepare à ta flame vne gloire infinie,
Auecque plus d'amour que de ceremonie.
Page iras-tu querir ce tresor que i'attens?

ARISTON.

Ouy, Madame, i'iray quand il en sera temps:
I'ay la clef du iardin, il m'attend, & ie pense,
Que desia cét Amant languit d'impatience.
Quand vous plaist il qu'il vienne?
ORAN. Il faut premierement,
Cette eschelle de corde attacher seurement,
Par où doit arriuer cet Astre que i'adore;

Quelle heure peut-il estre?
ARIST. Il est bonne heure encore.

ORANTE.

Va donc, en attendant qu'il se face plus tard,
Appeller ma Cousine, à qui ie feray part
Du plus heureux succez que ie pouuois attendre;
Va viste, & me l'ameine; elle sçait que Pyrandre
Est l'espoux seul auquel mon esprit se resout:
Puis qu'elle m'est fidelle, il luy faut dire tout.
Mes femmes sont des-ja de ce lieu separées;
Et lors que par mon ordre elles sont retirées,
Si ie ne les appelle, elles n'osent venir,
Et sçauent qu'Ariston peut seul m'entretenir,
Et que ma Lisimene en l'amour qui nous lie,
Seule ose m'aborder dans ma melancolie.
Si ie ne l'appellois maintenant en ces lieux,
Peut-estre y viendroit-elle ; & partant il vaut mieux
Que ie luy face part de toute l'entreprise,
Que si m'en desfiant, ie m'en trouuois surprise.
Mais ie la voy venir. Bon-soir ma chere sœur,
A ce coup tu verras si ie t'aime du cœur.

SCENE

SCENE TROISIESME.

LISIMENE. ORANTE.

ARISTON.

LISIMENE. *Que sçais tu de nouueau?*
ORANTE. *Regarde, & considere.*
Si i'ay secret aucun que ie te veuille taire.

LISIMENE.

Il donne cette lettre à l'importunité,
Pour ne parestre pas plein d'inciuilité.

Elle lit la
lettre de
Pyran-
dre.

ORANTE.

Et bien, Amour est-il à mes vœux fauorable?

LISIMENE.

Mais helas! si ce feu qu'il peint est veritable?
I'ay le sang tout glacé. ORA. *Que murmures-tu tant?*
LISIM. *Ie medite, ma sœur, sur ton esprit contant,*

D

Mais tu risques beaucoup. Ie pariray ta perte
Si par ton frere vn iour ta flame est descouuerte.

ORANTE.

I'y donneray bon ordre; hors ce cher confident,
Et toy, dont ie connoy le zele si prudent,
Nul ne sçait que Pyrandre à mes desirs s'accorde;
Ie te prie attachons cette eschelle de corde,
Par où ce cher amant, ialoux de mon honneur,
Doit venir dans vne heure asseurer mon bon-heur.

LISIMENE.

Quoy donc? à ma ruine il faut que ie trauaille?

ORANTE.

Page, va l'asseurer au pied de la muraille,
Et quand ce sera fait reuien incontinent;

LISIMENE.

O le ioly mestier que ie fay maintenant!

ORANTE.

I'vſe bien librement aujourd'huy de ta peine:
Mais c'eſt pour t'aimer trop, ma chere Liſimene.

LISIMENE.

Ie me paſſerois bien de ta ſotte amitié:

ORANTE.

Ton bon office accroiſt mon heur de la moitié.

LISIMENE.

Il faut bien dire ainſi, ah ! ie creue, i'enrage.

ORANTE.

Mais à quoy reſues-tu? tu gaſtes tout l'ouurage:
Au lieu d'attacher ferme, & faire pluſieurs nœuds,
Tu tiens la corde lache. L I S I. *Attin, ie feray mieux.*

ORANTE.

Tu ne fais rien qui vaille, ô fille mal adreſte :

Oste, laisse moy faire.
LISIM. *Importune, indiscrette!*

ORANTE.

Si i'eusse trauaillé d'vn esprit aussi mou,
Pyrandre asseurement se fust rompu le cou.

LISIMENE.

Que ie te hay!
ARIST. *Madame elle est bien asseurée.*

ORANTE.

Reuien, voila l'echelle à la fin preparée.

LISIMENE.

Ie mourray, si ie reste en ce lieu plus long temps,
Ie ne veux pas troubler deux espris si contens.
Ma Cousine, il est temps que seule ie te laisse,
Adieu, ie me retire. ORA. *Adieu belle Princesse:*
Vn tiers est en effet inutile en ce lieu,
Que ie te baise encor' en te disant Adieu.
Page sors apres elle, & sans bruit va te rendre

Où tu dois faire en bref vn signal à Pyrandre.
Emporte les flambeaux, sans faire l'estourdy,
Dans l'antichambre, où sont mes femmes , & leur dy
Que ie veux reposer vn peu toute habillée;
Pren garde à ton retour que ie ne sois veillée.
Va, l'Amour te conduise, & dresse bien tes pas.
ARIST. Ie vous rendray contente:
ORANTE. Amour, n'y manque pas.

SCENE QVATRIESME.

LISIMENE SEVLE.

IL n'en faut plus douter, Orante est la plus fine,
Tous ces preparatifs presagent ma ruïne.
Pyrandre m'a trahie , & ce leger esprit
S'est rendu sans deffence aux charmes d'vn écrit.
Sa main dans sa responce a secondé son ame;
Il dit qu'il meurt pour elle ; & qu'il est tout de flame:
Il dit vray le perfide , & ce feu qu'il depeint
Brille trop, pour seduire, & pour n'estre que feint.
En fin voila dequoy me sert ma retenuë;
Ie l'auois bien iugé, me voila preuenuë,
Mes sens par l'apparence ont tous esté deceus,
Et la plus effrontée emporte le dessus.

Mais que dif-je, infenfée? eſt-ce vn grand auantage,
Que poffeder le cœur d'vn Amant fi volage?
Puis qu'il manque d'honneur en ce change euident,
Ie fais tout au contraire vn gain en le perdant.
Toutesfois , ie puis croire à tort qu'il m'a quittée ;
Et dans ce iugement m'eſtant precipitée
Ie trouue qu'apres tout ie n'ay point d'argument,
Pour conuaincre fa foy , qu'vn fimple compliment.
Que fçay-je fi fa main a fuiuy fa penfée ?
Son abfolu mefpris euſt Orante offencée :
Et fans doute il aura nourry d'vn vain efpoir,
Ce cœur, qui franchement s'eſt mis en fon pouuoir.
Il s'engage pourtant , fa promeffe l'accufe,
Mais la ciuilité luy peut feruir d'excufe.
Il a bien fait d'efcrire , & ie l'aurois blamé
S'il n'euſt pas refpondu, fe voyant tant aimé.
Ah Dieux ! que i'ay de peine en cette incertitude:
Si faut.il que ie forte en fin d'inquietude.
Ie veux eſtre efclaircie, & fuſt-ce à mes defpens ;
Ne pouuant demeurer dauantage en fufpens.
Ie vay gueter Pyrandre au iardin, l'heure approche,
Que ce cœur infidelle & digne de reproche
Doit paffer chez Orante, & s'il paffe en effet
Ie n'en douteray plus, Amour, c'en fera fait.

Elle
prend
vne de fes femmes auec elle, & va dans le iardin.

SCENE CINQVIESME.

PYROXENE,
sous le nom de Pyrandre,
ARISTON.

Nʋit, fauorable nuit, qui regis le silence,
Si tu sçais de mon feu l'extreme violence,
Garde que par les tiens, si beaux, & si diuers
Mes larcins amoureux ne soient pas descouuers,
Aide à ma tromperie, & cachant tes estoilles
Dessous l'obscurité de tes plus sombres voiles.
Pour adresser mes pas en vn diuin sejour,
Ne descouure à mes yeux que celle de l'Amour.
Et toy, chaste Diane, arbitre de ma flâme,
Qui vois le bon dessein que ie porte en mon ame,
Daigne l'authoriser vn moment, si tu veux
Que i'ayme tes Autels, & les comble de vœux.
Ta grace en ton decours m'est desia manifeste,
Acheue, & voile encor la clarté qui te reste.
En fin le Ciel se couure, & ie suis exaussé,
D'aucun visible feu ie ne suis trauersé ;
Cent nuages espais fauorisans ma flâme,

Chaſſent ceux que la peur formoit dedans mon ame,
Que ce cher Ariſton, que ie deſire tant,
Vienne quand il voudra, ie le ſuiuray contant.

Le Page ſiſle.

Ie l'entens, ie le voy, qui de pres me fait ſigne:
O Ciel! ſi tu me crois de tant de grace digne,
Trompe à ce coup les yeux de tous les clair-voyans:
Fay taire en mon chemin tous les chiens aboyans,
Et me charme ſi bien, que ie me puiſſe prendre
En cette occaſion, moy-meſme pour Pyrandre.
Fay que mon conducteur ſoit le premier deceu;
Mais que dis-je? comment en ſerois-je apperceu?
Ce n'eſt point Ariſton de qui ie ſuy la route,
C'eſt Amour qui me guide, & ce Dieu ne voit goute.

Il paſſe de ſon apparte-ment dãs le iardin, où Liſi-mene eſt deſia en-trée auec Dorine.

※※※※※※※※※※※※※※※※※※

SCENE SIXIESME.

LISIMENE.   DORINE, PYROXENE. ARISTON.

LISIMENE.

Dorine, que dis-tu de ce perfide tour,
Que le traiſtre Pyrandre a fait à mon Amour?
Toy qui m'as de ſon nom tant battu les oreilles,
Qui m'en as fait vn Dieu, qui m'en as dit merueilles;

Tu

Tu le vois, ma mignonne, il est homme en effet,
Et de tous le plus lache, & le plus imparfait.
T'aimant, & te voyant, en faire tant de conte,
A la fin deuant toy i'ay perdu toute honte.
Mais n'ay-ie pas eu tort, dy le moy franchement,
De souffrir vn tel homme en qualité d'Amant?

DORINE.

Madame, il n'est pas temps de l'accuser encore,
Ie sçay bien que son cœur la trahison abhore;
Et ie veux bien mourir, si de vos yeux blessé,
A cherir autre objet iamais il a pensé.
Ie ne m'en desdis point, il est vray, ie l'estime,
Et ie soustiens encor, que ce cœur magnanime,
Plustost que de changer esliroit le trespas;
Vous quitter pour Orante? Ah! ne le croyez pas:
Non, Madame, il n'est point de ce crime capable,
Ie perirois pour luy, s'il en estoit coupable:
Donnez-vous patience, attendez vn moment,
Vous vous esclaircirez.
L I S I M. *Ie crains l'euenement:*
Plust au Ciel, qu'en cecy ie me fusse abusée!
Mais las! le cœur me dit que ie suis mesprisée;
Et ie t'ay fait venir pour le voir, ce trompeur,
Plus que pour m'asseurer icy contre la peur.

E

Dans vne nuit si noire.

DORINE.

Allons en embuscade,
Derriere l'espesseur de cette pallissade,
Qui respond sur l'alée.

PYROXENE.

O Amour! à la fin
Me voicy paruenu iusques dans le iardin;
Ce m'est vn grand bon-heur que la nuit soit si sombre,
En l'estat où ie suis i'aurois, peur de mon ombre:
Mais mon guide me perd.

Il sifle.

ARISTON.

Monsieur, vous allez bien,
Suiuez tousiours à droite, & ne craignez plus rien:
A cette heure personne icy ne s'achemine;

LISIMENE.

Ie connoy cette voix, entens-tu bien Dorine?

DORINE.

Ah Dieux! il eſt trop vray, Madame, aſſeurement
C'eſt la voix d'Ariſton, qui conduit cet Amant.

LISIMENE.

Et bien, n'auois-je pas l'eſprit de Prophetie?
Il paſſe, le voilà, ie ſuis trop eſclaircie,
Ie le vöy cheminer le traiſtre, & plûſt aux Dieux,
Comme ie pers le cœur, auoir perdu les yeux.
Suiuons, allons apres.

DORINE.

Hé! que voulez-vous faire,
Madame? L I S I. *Ie le veux de ſa flame diſtraire:*
Ie luy veux demander ſi i'auois merité,
Qu'il fit vn tel affront à ma fidelité;
Ie luy veux reprocher vn ſi ſanglant outrage :
Mais le vouloir eſt vain, où manque le courage.
Ie veux ſuiure, & mon pié ne veut pas obeïr,
Ah! Dorine, l'Ingrat m'acheue de trahir:
Il arriue à l'eſchelle, il y monte, il y vole,
Et me rauit l'eſpoir, le cœur & la parole.

E ij

ARISTON.

Monsieur, ne craignez point, montez en seureté,
Madame dans sa chambre est seule, & sans clairté.

LISIMENE.

I'estoufe, ie me meurs.

DORINE.

Ah le traistre! Ah l'infame!
Ie vay dedans sa honte enseuelir sa flame.
Ie vay manifester son crime aux yeux de tous,
Ie suis plus en colere, & le hay plus que vous:
Ah Madame!

LISIMENE.

Ah Dorine! en ce mal qui m'oppresse,
I'ay honte que tu sois tesmoin de ma foiblesse.
Mais tu vois apres tout si i'ay quelque raison,
D'auoir le cœur sensible à tant de trahison.

DORINE.

I'ay par sa feinte esté la premiere attrapée:

Courons apres, Madame, & de sa propre espée,
Allons deuant les yeux d'Orante l'esgorger:

LISIMENE.

Non non, ne pensons plus à cest esprit leger,
Nous le blâmons à tort de sa lâche inconstance:
En fin ceste action respond à sa naissance;
Et moy souffrant ce monstre infame, comme il est,
De ma facilité ie paye l'interest:
Ma peine m'est bien deuë, & i'ay tort de me plaindre:
I'enrage toutesfois, & ne me puis contraindre,
Iusqu'à te desguiser, qu'apres ce mauuais tour,
Ie brûle de colere, où ie brûlois d'Amour.
Quoy? d'vn tel Affronteur ie seray mesprisée?
Quoy? ie luy seruiray de fable, & de risée?
Mes attrais adorez deuiendront impuissans?
Mon zele, mon ardeur, & mes vœux innocens,
Seront le pis aler d'vne Ame desloyale?
Ie verray de ma foy triomfer ma Riuale,
Et tout ce deshonneur me sera procuré
Par vn homme de peu, que i'ay tant honoré?
Que que ie m'en ressente? ah! i'ay trop de courage:
Descharge-toy, mon cœur, fais éclater ta rage,
Fulmine, & fay connoistre à ces Amans surpris,
Que tu sçais tout souffrir, excepté le mespris:

Sois leur impitoyable, & pour ton allegeance
Medite vne mortelle, & tragique vengeance.

DORINE.

Moderez vous, Madame, & retenez vn peu
Voftre efprit, qui s'efchape ; elle eft toute de feu,
Vn fanglant defefpoir fur fon vifage éclatte ;
Pour adoucir fon mal il faut que ie le flatte.
Ouy, vous auez raifon, c'eft bien fait, vangez vous,
Mais ne vous laiffez pas vaincre à voftre courrous:
N'efpargnez pas Pyrandre en ce mefpris extrefme,
Mais de grace, Madame, efpargnez-vous vous mefme.

LISIMENE.

Vien, fuy moy chez le Prince, allons y promptement:
Comme tu fçais, il hait fa fœur mortellement,
Et porte à fon Pyrandre, vne mortelle enuie :
Allons à fa colere abandonner leur vie ;
Allons luy defcouurir ces perfides Amans,
Et nous intereffons dans fes reffentimens.

Fin du fecond Aſte.

L'HEVREVSE TROMPERIE.
TRAGE-COMEDIE.

ACTE TROISIESME.

SCENE PREMIERE.
ARAXE, LES GARDES, ORANTE, PYROXENE.
ARAXE.

Il est encore representé dans la nuit.

Rayment i'en suis d'auis, ma sœur sera
  la femme   *[infame.*
D'vn suiuant inconneu, d'vn Roturier;
Il nous imprimera la honte sur le front,
Et sans ressentiment ie porteray l'affront?
Gardes, auancez vous, que sans bruit on l'aborde,
Et qu'au lieu de ma sœur il espouse vne corde.

Voicy par quel moyen nous en viendrons à bout ;
Quand auec le secours de ce passe-par-tout,
Nous serons dans la Chambre, où le Galand caresse
Sans peur, & sans respect, sa nouuelle Maitresse ;
Vous pousserez la porte, & i'auray le plaisir
De vous voir tous ensemble au colet le saisir.
Puis vous le conduirez tout droit à la Iustice,
Qui n'en sçauroit long-temps differer le supplice.
Ma cousine en cecy m'a bien fort obligé :
Il me tarde desià que ie ne sois vangé
De l'insigne Affronteur, qui m'a fait cette injure ;
Approche le flambeau, i'ay trouue la serrure.

ORANTE.

I'oy du bruit à la porte :

ARAXE.

Entrons, suiuez moy tous.

PYROXENE.

Dieux ! nous sommes trahis,

ORANTE.

Helas ! c'est faict de nous.

PYRO-

PYROXENE.

Madame, ie me ſauue,

ARAXE.

Il s'enfuit, il s'échape,
Courez à la feneſtre, & que vif on l'atrape.

PYROXENE,

O dieux! qui vid iamais ſi grande trahiſon?
Par ce moyen i'eſquiue, & gaigne la maiſon.

Il coupe les eſ-chelons auec ſon eſpee.

Les gardes ſuiuent, qui ne pouuans aſſeurer leur pied
ſur l'Echelle couppée, tombent & crient.

Ah! le bras, L'AVTRE. *Ah la iambe!*
L'AVTRE. *Ah! la teſte!*

ARAXE.

Impudique!
Qui nous oſtes l'honneur par ta flame lubrique;
Infame, aſſeure-toy que deuant qu'il ſoit iour,
Noſtre pere ſçaura ton crime, & ton Amour.

Il la tire en veuë dans vne petite galerie, qui tien-dra à la chambre.

F

ORANTE.

Tigre defnaturé, qui fous le nom de frere,
Te monftres aujourd'huy mon cruel aduerfaire:
Brutal, qui ne vois pas que tu vas procurant
Noftre honte commune en me deshonorant;
Quel auantage as-tu de m'auoir defcouuerte,
Barbare? quel profit tires-tu de ma perte?
Ie t'empefcheray bien d'en pouuoir trionfer.

En fe
moment
elle faifit le poignard d'Araxe.

ARAXE.

Aidez-moy, compagnons, arrachons-luy ce fer.

ORANTE.

Arrache-moy le cœur, affouuy ta colere.
Vn fi malin efprit peut-il eftre mon frere?

ARAXE.

Ah!

Qu'on me la garde bien.. I'oy des cris élancez
Du cofté du iardin: mes gardes font bleffez;

Enfans, qui vous a mis en ce triste equipage ?
Ce voleur de sa main vous a-t'il fait outrage ?

LES BLESSEZ.

Il a coupé l'eschelle, & nous faisant tomber,
Il a sceu finement de nous se derober.

Ah !

ARAXE.

Ah le traistre ! il mourra, ie le iure, & proteste,
On vous va secourir ; ie laisse ce qui reste
A la garde d'Orante, & m'en vay promptement
De Pyrandre inuestir le proche apartement
Auec nouuelle escorte. Amis, que l'on regarde
Aux actions d'Orante, & faites bonne garde.

SCENE DEVXIESME.

ORANTE, ET SES GARDES.

ORANTE.

Voy donc ? injustes Cieux, vous souffrez dans
la Cour

Tant de persecuteurs d'vn si fidelle Amour?
Leur rage impunement à la honte me liure,
Ils me perdent d'honneur, & vous les laissez viure?
Pourquoy, foudres vangeurs, icy n'eclatez-vous?
Les arbres innocens sont battus de vos cous,
Et dessus les Rochers vous perdez vos tempestes,
Pour laisser en repos de si coupables testes?
Helas! ie suis perduë, & dedans mes malheurs,
Ie n'ay point de ressource auiourd'huy que les pleurs;
Remedes impuissans pour vne ame abatuë,
Que la douleur accable, & que l'opprobre tuë.
Helas! ie suis perduë, & pour comble d'ennuis,
Tout me fuit, tout me laisse en l'estat où ie suis.
Ie tombe, en cet excez du mal qui me surmonte,
Du haut feste de gloire, en l'abisme de honte.
Soldats qui me voyez en cette extremité,
Si vous auez encor la moindre humanité:
Si quelqu'vn d'entre-vous conserue en sa pensée
Vne ombre de respect à ma gloire passée;
Si la pitié vous touche, helas! ouurez ce flanc,
Et faites que mes maux se noyent en mon sang.
Deliurez de miseres vne ame langoureuse;
Si ie ne puis mourir, ie suis bien mal heureuse.
Quoy? vous me refusez ce secours Inhumains?
Au moins fournissez moy de glaiue; & de mes mains
Ie me tueray, plutost que ce mal-heur m'arriue,

Qu'a la perte d'honneur vn momēt ie suruiue.
De quel front, de quels yeux, Barbares, dites-moy
Pourray-je souſtenir la preſence du Roy?
Et comment fouffriray-ie en ma honte publique,
Qu'il me traitte en courroux d'infame, & d'impudique,
Luy qui m'a tant aymée? ah! non, pluſtoſt ie veux
Me battre l'eſtomach, m'arracher les cheueux,
Et me meurtrir ſi bien, qu'apres m'eſtre outragée
De mille coups mortels, ie periſſe enragée.
Vous croyez m'empeſcher, ah! l'inutile effort!
Ie ſçay mille chemins pour aller à la mort:
Oſtez-moy le poiſon, & le fer, & la flame,
I'ay bien d'autres moyens pour accourcir ma trame.

PREMIER EXEMPT.

Madame, retenez cet eſprit furieux:
La pitié fait monter les larmes dans mes yeux,
Et de les retenir il ne m'eſt plus poſſible:
Qu'icy n'employoit-on vn cœur plus inſenſible?

ORANTE.

Au moins, cœurs ſans pitié, que ie ſçache de vous
Ce qu'eſt en ce peril deuenu mon Eſpoux;
Et ſi ce doux objet, dont mon ame eſt rauie,

Garde encor' en viuant la moitié de ma vie.
Mais les vœux que ie fais pour luy sont superflus:
Ie te reclame en vain , Pyrandre , tu n'es plus,
Ou du moins, si tu n'es dedans la sepulture,
Tu vis. dans le cachot d'vne prison obscure.

LES BLESSEZ.
Ah!

ORANTE.

D'où vient autour de moy cette mourante voix?   Ah!
Si c'est toy que la mort a reduit aux abois ,
Pyrandre , & dont la plainte à mon oreille arriue,
Ne t'en va pas si tost , atten que ie te suiue;
Mon cœur, permets que i'aille exaler doucement
Vn souspir , dans les tiens meslé confusément.
Permets qu'vn doux baiser encore ie te vole,
Et puis que mon esprit dans tes levres s'enuole.
Daigne icy recueillir mon ame qui te suit ,
Et l'adresse au chemin par où la tienne fuit.

PREMIER EXEMPT.

Bannissez ce soupçon, & perdez cette crainte,
Pyrandre s'est sauué , Madame, cette plainte
Vient des soldats blessez, se iettans apres luy.

Mais ie m'esforce en vain d'adoucir son ennuy,
La pauurete se pâme en ce mal qui l'oppresse ;
Plût à Dieu la pouuoir laisser dans sa foiblesse ;
Sans mentir, à regret ie la viens secourir,
Ce seroit charite de la laisser mourir.

SCENE TROISIESME.

ARAXE, ET SES GARDES.

Compagnons, gardez bien toutes ces aduenuës,
Et sur tout les recoins, & routes peu connuës,
Par où c'est affronteur qui nous a sceu tromper,
Pour la seconde fois se pourroit eschaper.
Que pris, dans la prison aussi-tost on l'ameine :

SECOND EXEMPT.

Monsieur cela vaut fait, n'en soyez point en peine ;
Iusques dans les Enfers nous irons le trouuer :
A moins qu'estre inuisible il ne se peut sauuer.
Il est pris, autant vaut, ie n'en fais nulle doute.

ARAXE.

S'il sort, à mon auis il prendra cette route.
Ie vay de mon costé mettre ordre que ma sœur
Soit mise en vn cachot, comme son rauisseur.

SCENE QVATRIESME.
PYROXENE. PYRANDRE.

PYROXENE.

AMy, n'en doute point, l'affaire est descouuerte:
Es-tu tout habillé ? va t'en, ie crains ta perte.
Araxe le brutal court encor' apres moy:
Mais il te croit coupable, & ne cherche que toy.
Sauue-toy ie te prie.

PYRANDRE.

O trahison estrange !
Si i'en aprens l'Autheur, il faut que ie m'en vange.

PYRO-

PYROXENE.

Il est temps de s'enfuir, & non de raisonner,
Va viste:

PYRANDRE.

Ie ne sçay de quel costé tourner.

PYROXENE.

Gaigne par ce destour le logis de Nicandre,
Et va dans ce lieu seur mes nouuelles attendre.
Pren garde en ton chemin que tu ne sois gueté:
Si tu peux vne fois te mettre en seureté,
I'iray conter au Roy comme l'affaire passe,
Et sa fille espousant, i'auray bien tost ma grace.

PYRANDRE.

Adieu donc, ie m'en vais, ô l'extrême malheur!

L'EXEMPT.

Sur tout, mes Compagnons, surprenons le Voleur.

Asseurez-vous qu'à moins que d'vser de surprise,
Sa valeur nous fera manquer nostre entreprise.
Cét homme est courageux iusques au dernier poinct,
Cachez cette lanterne, & ne paroissez point;
Et quiconque en ce lieu passera sans lumiere,
Prenez-le tous ensemble aussi-tost par derrière;
Et que nostre Galand sur tout n'esquiue pas:
Chut, serrez-vous en haye, amis i'entens des pas,
Qui viennent droit à nous, escoutez bien:

PYRANDRE.

Ie meure,

Si ie sçay plus l'endroit, où Nicandre demeure.
I'ay tort de n'auoir pris quelqu'vn pour me guider:
Ie ne voy plus personne à qui le demander.
Il est minuit passé, toutesfois ie me doute
Qu'il faut passer la place, & prendre cette route.

SECOND EXEMPT.

Il est temps qu'on l'arreste amis, sans differer,
Et ne luy donnons pas loisir de respirer.

PYRANDRE.

O Dieux à l'impourueuë on m'est venu surprendre

Qui vous fait si hardis?

L'EXEMPT.

Estes-vous pas Pyrandre?
Compagnons, c'est luy mesme, il n'en faut plus douter.
C'est le Prince, Monsieur, qui vous fait arrester:
Vous en sçauez la cause.

PYRANDRE.

Ah! Voleurs que vous estes;
Est-ce ainsi que de nuict vous faictes vos enquestes?
Si j'auois vn bras libre.

L'EXEMPT.

Amis ne craignez rien:

PYRANDRE.

Poltrons ce fer icy vous escarteroit bien.
Mais à m'en despetrer en vain ie me trauaille,
Où me conduit en fin cette vile canaille?
Traistre souuienne toy, si i'en eschappe vn jour,
Que tu me le pairas:

L'EXEMPT.

Qu'on le meine à la tour:
C'eſt à deux pas d'icy, s'il n'y va, qu'on l'y treſne,
Et puis qu'il eſt mutin, qu'on luy baille vne cheſne.

PYRANDRE.

Bizarre effet du Sort! ce malheureux Exempt
M'adoroit ce matin, & m'outrage à preſent:
Suiuons, puis qu'il le faut, vne ſi belle eſcorte,

SECOND EXEMPT.

Nous y voicy rendus, frapez fort à la porte:
Eſueillez le Geolier, il eſt bien endormy:

SCENE CINQVIESME.

LE GEOLIER, L'EXEMPT, PYRANDRE, LES GARDES DV PRINCE.

LE GEOLIER.

Qvi vient fraper ſi tard?
L'Exempt. Ouure moy mon Amy.

LE GEOLIER.

Non, ie n'ouuriray point, car il est heure induë:
Ie sçay bien mon mestier, vous me prenez pour gruë.

L'EXEMPT.

Si tu n'ouures Coquin?

LE GEOLIER.

Quel est ce mangeur d'Aux,
Qui fait si peu d'honneur aux Concierges Royaux?

SECOND EXEMPT.

Connois-tu ce baston?

LE GEOLIER.

Monsieur, ie vous demande
Tres-humblement pardon, d'vne faute si grande.
Ie n'eusse pas connu le Roy mesme à la voix:
I'estois trop en colere; en dormant ie songeois,
Que l'on cassoit mon verre, & respandoit ma sausse:

Quand vous auez frappé; Ie prens mon haut de chausse
Et m'en viens vous ouurir.

L'EXEMPT.

Ce Geolier est plaisant:

LE GEOLIER.

Et bien, que voulez-vous de moy, Monsieur l'Exempt?

SECOND EXEMPT.

Que tu gardes cet homme, & m'en rendes bon conte:

LE GEOLIER.

Approchez-vous, beau fils, & n'ayez point de honte.
C'est la maison du Roy, i'ay bien logé chez nous
Des muguets, pour le moins aussi frisez que vous.

SECOND EXEMPT.

Allons, il est dedans, respons de sa personne,
Et prens garde aux prisons.

LE GEOLIER.

Monsieur, ie luy pardonne,
S'il en sort sans congé, puis que l'y voilà mis;
Non pas quand il auroit cent diables pour amis.
Monsieur, ça de l'argent, payez la bien-venuë,
Vous aurez ce cachot qui respond sur la ruë.

PYRANDRE.

Amy, ie le feray, tu t'en contenteras.

LE GEOLIER.

A d'autres; i'aime vn tien plus que deux tu l'auras.

PYRANDRE.

Mon valet a ma bourse;.

LE GEOLIER.

& le Diable m'emporte,
Si le mien n'a la clef aussi de cette porte.
Vous pensez m'excroquer, mais prenez garde à vous;

Ie vous mettray là bas auec quatre Filous,
Qui danceront tantost deſſous vne potence,
Vous tranchez vn peu trop de l'homme d'importance.

PYRANDRE.

O l'homme deffiant! garde en attendant mieux
Cette bague :

LE GEOLIER.

Monſieur, voyez de ces deux lieux
Lequel vous voullez prendre; à ce coup ie vous aime :
Soyez ſeur d'eſtre icy traitté comme moy-meſme.
Ma foy c'eſt grand dommage, il a bonne façon,
Et l'on iuge à le voir qu'il eſt joly garçon.
S'il doit eſtre branché, ie l'iray voir deffaire,
Et priray de bon cœur le bourreau, mon compere,
De ſecouër pour luy dextrement le iaret,
M'en d'euſt-il couſter pinte apres au Cabaret.

Fin du troiſieſme Acte.

L'HEVREVSE

L'HEVREVSE
TROMPERIE.
TRAGE-COMEDIE.

ACTE QVATRIESME.

SCENE PREMIERE.

PYROXENE SEVL.

Mour, que ta faueur nous est mal af-
seurée!
Que tes prosperitez sont de courte
durée!
Que ceux qui sous ta loy viuent les plus contens
Encourent de disgrace en vn moment de temps!
Que tu mesles, cruel, d'espines a tes Roses,

H

Et que tu traittes mal les cœurs dont tu difpofes!
Ie l'eprouue aujourd'huy, mal-heureux que ie fuis,
Qui tombe de ta gloire en vn gouffre d'ennuis,
Qui, trouue en tes faueurs ma ruine apparente,
Et qui perds tout en fin, en perdant mon Orante:
Tu m'as bien-toft priué de ce trefor exquis;
Ie le perds iuftement, ie l'auois mal acquis.
Auffi ne plains-ie point ma perte déplorable;
Ie pleins tant feulement la tienne irreparable;
Princeffe infortunée, & ta iufte douleur,
Me fait tout oublier, pour pleurer ton mal-heur.
Ta honte, pauure Orante, à tant d'yeux manifefte,
Plus que mes propres maux, à mon ame eft funefte.
Ta difgrace me tuë, & le courroux brutal
D'Araxe, m'eft autant qu'à toy-mefme fatal.
Helas! i'ofte, furpris par cette ame traiftreffe,
La vie à mon amy, l'honneur à ma maitreffe.
Ces deux cœurs innocens dans leur captiuité,
Souffrent pour mes pechez, & fuis en liberté.
Sus fus efforçons-nous de deftourner l'orage:
Il eft encore temps, ne perdons point courage.
I'entens par tout vn bruit efpandu dans la Cour,
Que Pyrandre accusé doit mourir dans ce iour;
Et qu'eftant conuaincu du crime, la Iuftice
N'en fçauroit plus long-temps differer le fupplice.
Allons trouuer le Roy pour le defabufer,

Iettons nous à ses pieds, allons nous accuser;
Il pourra condemner mon trop de hardieſſe:
Mais en fin excuſant l'amour, & la ieuneſſe,
Orante ſera mienne, & i'auray ce bon-heur,
De rendre à deux la vie, en luy rendant l'honneur.
Celuy-là n'eſt pas ſage au mal qui le poſſede,
Qui d'abord a recours à l'extreſme remede.
Si ie ne pouuois pas ſecourir autrement
Ceux que i'ayme, pour eux ie mourrois librement.
Sus donc, allons au Roy deſcouurir le myſtere;
Mais pour m'aſſeurer mieux, auant que de rien faire,
Ie vay voir mon Orante, & diray que c'eſt moy,
Qui ſous le nom d'vn autre ay reconnu ſa foy;
I'eſpere en luy contant toute la tromperie,
Que i'obtiendray pardon de mon effronterie,
Dieux ! pourray-ie bien voir dans la captiuité
Ce chef-d'œuure parfait de la Diuinité ?
Auray-ie bien le cœur de voir empriſonnée
Celle qui dans ſes fers tient mon ame encheſnée?
Que ie preuoy d'angoiſſe à ce funeſte abord!
Son beau viſage peint d'vn paſle teint de mort,
Et ſes yeux obſcurcis d'vn orage de larmes,
Pour me rauir encor n'auront que trop de charmes.
Leurs attraits à mon ame éclaireront aſſez;
Encor que la douleur les ait preſque effacez,
Ils garderont touſiours leur grace naturelle,

H ij

Telle qu'elle sera ie bruleray pour elle;
Et mon ardant amour attendry de pitié,
Redoublera son feu d'vne iuste moitié.
Quoy qu'il puisse arriuer, il faut que ie la voye;
Et si son doux accueil ne promet point de ioye,
I'espere à tout le moins que sa fiere rigueur,
Par vne prompte mort guerira ma langueur.
Mais insensiblement resuant sur cette idée,
I'arriue à la prison où la Belle est gardée.
Fauorise mes vœux, Amour, & permets moy,
De luy pouuoir icy renouueller ma foy,
Sans qu'elle me rebute, & sans qu'elle s'offence.
Ie n'ose t'aborder, donne m'en la licence.
Ie tremble à châque pas, ce mouuement peureux:
Ne promet rien de bon à mon cœur amoureux.
Laissez vous voir, Madame, au Prince Pyroxene,
Qui vient exprés icy, pour vous tirer de peine.
Paroissez à la grille, & ne veuïllez priuer
De vos beaux yeux, celuy qui vient pour vous sauuer.
Elle ne m'entend point.   Madame?

SCENE DEVXIESME.

ORANTE. PYROXENE.

ORANTE.

Qvi m'apelle?

PYROXENE.

Vn qui vous vient porter vne heureuse nouuelle.

ORANTE.

Si c'est pour m'annoncer l'heure de mon trespas,
Tu sois le bien venu, ie beniray tes pas.

PYROXENE.

Tant s'en faut, ie vous viens de vostre deliurance,
Et de vostre salut donner toute asseurance.

ORANTE.

C'est donc vous Pyroxene?

H iij

PYROXENE.

> Ouy *Madame, c'est moy,*
> *Qui promets d'appaiser la colere du Roy,*
> *De vous sauuer l'honneur, & de vous rendre heureuse;*

ORANTE.

> *Vous moquez-vous ainsi d'vne ame langoureuse?*
> *Et pensez-vous vanger par vn si lache tour,*
> *Le mespris qu'autre-fois i'ay fait de vostre Amour?*
> *C'est trop persecuter vne pauure affligée,*
> *Qui de son mauuais Sort est assez outragée.*
> *Considerez, Cruel, l'estat où ie me voy,*
> *Et vous serez vangé, sans vous moquer de moy.*

PYROXENE.

> *Ie voudrois que le Ciel m'exterminast, Madame,*
> *Si ce lâche penser m'estoit entré dans l'Ame,*
> *Helas! si vous sçauiez combien pour vos malheurs,*
> *I'ay poußé de sanglots, & respandu de pleurs;*
> *Si vos yeux penetroyent iusques dans mon courage,*
> *Vous auriez en la bouche vn tout autre langage.*
> *Ie ne puis plus cacher ma peine, & ma langueur,*

Belle Orante, il est temps de vous ouurir mon cœur;
C'est moy que pour Espous vous auez daigné prendre,
Occupant cette nuit la place de Pyrandre,
Qui vous ay fait sentir en cette qualité
Tant de marques d'Amour, & de fidelité;
Et qui viens humblement apres tant de licence,
Demander à genoux pardon de mon offence.
Ie vous iure,

ORANTE.

Imposteur ne fais point de sermens:
Traistre, cela n'est point, ie sçay bien que tu mens.

PYROXENE.

Ne soyez point icy d'Amour preoccupée,
Madame, asseurement la nuit vous a trompée.
I'ay cherché d'acquerir par adresse vn honneur,
Que ie ne pouuois pas acquerir par bon-heur:
Et l'Amour ne m'a mis en la place d'vn autre,
Que pour vostre salut, de qui depend le nostre.

ORANTE.

O l'insigne Affronteur! l'enorme trahison!

N'a ton pas pris Pyrandre? eſt il pas en priſon?
Ne me replique point, Ame double, & traiſtreſſe:
Ie lis dedans ton cœur, ie comprens ta fineſſe;
Tu viens impudamment ces fables controuuer,
Pour ſauuer ton Amy, plus que pour me ſauuer.
Ce cruel de ma flame, & de ſa foy ſe iouë:
De crainte de mourir, l'Ingrat me deſ-auouë;
Et pour ſe garantir, il fait qu'vn Impoſteur,
S'accuſe de ſon crime, & s'en diſe l'Autheur.

PYROXENE.

Madame, refrenez cet excez de colere
Et r'entrez en vous meſme.

ORANTE.

Effronté, temeraire,
Voudrois-tu bien encor icy me ſouſtenir,
Que Pyrandre en ſon lieu chez moy t'a fait venir?
Le voudrois-tu iuger? ſi i'eſtois libre, Infame,
Ie te ferois r'entrer ces propos dedans l'ame.
Helas! ton Amy lache en cette extremité,
Manque bien auiourd'huy de generoſité!
Pour euiter la mort le traiſtre me renie,
Et veut ſuruiure encore à ſa gloire ternie.

Si

Si nos crimes estoient traittez esgallement,
Qu'à la mort i'ouurirois le chemin aisement!
Et que luy tesmoignant ma genereuse enuie,
Ie luy monstrerois bien à mespriser la vie!
Mon malheur le rauale, & luy rend le cœur bas.
Les plus rudes assaux, & les plus grands combas
Ne l'ont pas seulement fait changer de visage;
Et ce dernier peril esbranle son courage?
Il veut viure, l'Infame, & cherche vn suborneur,
Qui se vante d'auoir dérobé mon honneur.
Va, preste luy la main, poursuy ton auanture,
Fay, si tu peux, au Roy croire cette imposture:
Tirez le de prison, arrachez-le des fers
Qu'il se moque des maux que pour luy i'ay souffers;
Qu'il dedaigne le choix que i'ay fait de sa flame,
Au mespris de deux Rois qui m'adoroient dans l'ame.
Qu'il reiette mes vœux, qu'il viole sa foy,
Que la terre & les Cieux se bandent contre moy;
Que pere, frere, amis, & parens m'abandonnent,
Ie me resous à tout, puis que les Cieux l'ordonnent,
Et cede à mon Destin, puis qu'il est arresté,
Que ie meure de rage en ma captiuité.

PYROXENE SEVL.

Madame, escoutez moy, las! elle est disparuë

Et ie me pers aussi sans l'auoir secourue;
C'est fait d'elle, bons Dieux! sa honte & sa prison
Ont esgaré son ame, & perdu sa raison.
Las! elle s'abandonne, & ie veux qu'elle m'aide,
Mon mal, comme le sien, est sans aucun remede.
Il faut, il faut mourir priué de tout secours:
A la mort seulement ie dois auoir recours;
Et sans aller plus loin, en ce fer salutaire,
Ie vay treuuer icy la fin de ma misere.
Mais quoy? doy-ie en cherchant d'aleger mon tourment,
Abandonner ainsi mes amis lachement?
Doy-ie auoir dans mes maux la raison si peu seine,
Que de laisser perir ceux que i'ay mis en peine?
Sus, sus, pour les sauuer faisons tout nostre effort;
Et s'il est inutile, allons droit à la mort.

SCENE TROISIESME.

LISIMENE. DORINE.

LISIMENE.

Dorine, que mon ame est d'ennuis abatuë!
Que i'ay le cœur outré du remors qui me tuë!
Que ma vengeance, helas! par son triste succez

'A produit en ce lieu de tragiques effets!
Outre qu'on tient la mort de Pyrandre asseurée,
Orante en sa prison d'eternelle durée
Doit expier son crime, & ie meurs de douleur
De les auoir plongez tous deux en ce malheur.
Dedans mon desespoir i'estois bien enragée:
Plust au Ciel que sur moy ie me fusse vangée!
Quoy que ce cœur ingrat par sa lâche action
Ait merité ma haine, & sa punition,
Ie pleins son infortune, & i'aurois mesme enuie
Au pris de tout mon sang de racheter sa vie.

DORINE.

Que vous sert de le pleindre, & de vous affliger,
Madame? il est trop tard, il n'y faut plus songer.
Ne pleurez point sa peine, il l'a bien meritée.
Apres tout, ç'en est fait, la pierre en est iettée;
Et quand vous pleurerez tout le iour son trespas,
Vos pleurs, ny vos soupirs ne le sauueront pas.

LISIMENE.

Dorine, tu dis vray; mais, ma fidelle amie,
Ie ne pleure pas tant sa mort, que l'infamie
De ma pauure cousine, hé! que m'a t elle fait,

Pour sentir de ma rage vn si sanglant effet?
La malheureuse eust creu m'auoir bien offencée,
De cacher à mon ame vne seule pensée.
Cependant i'ay trahy sans honte, & sans pitié,
Les fidelles respects deus à son amitié.
Ah! que ie suis coupable, & que la frenesie
Est à craindre en vn cœur outré de ialousie!

DORINE.

Vous ne la pouuez pas plus que luy guarantir;
Dessus d'autres objets allons nous diuertir,
Vous vous gesnez en vain, n'y pensez plus, Madame.

LISIMENE.

Si ie les oubliois, ie serois bien Infame.
Si tu m'aimes, tu dois approuuer mes dessains,
Et me donner icy des conseils plus humains.
Ie veux en les pleurant, de leur tragique histoire
Tout le temps de ma vie affliger ma memoire.
Ouy, Dorine, au deffaut de tout autre secours,
Ie le veux regretter iusqu'au bout de mes iours.

DORINE.

Madame, cét ennuy plus que vous me possede,

Mais ie cede aux malheurs qui n'ont point de remede.
Retirons nous d'icy, ce funeste seiour
Redoubleroit vos maux.

LISIMENE.

Pourquoy?

DORINE.

Dans cette tour,
Est l'obscure prison où Pyrandre demeure.

LISIMENE.

Ie le voudrois bien voir auparauant, qu'il meure:
Entrons, ma chere amie, & dans ce triste lieu;
Allons luy pour le moins dire vn dernier Adieu,
Allons luy demander pardon de tant d'outrage:

DORINE.

Pourriez-vous bien, Madame, en auoir le courage?

LISIMENE.

Ouy Dorine, & ie croy que mon cœur affligé,

En le voyant sera de beaucoup allegé.

DORINE.

I'apperçoy le Geolier aßis deßus la ruë.

LISIMENE.

Parle à luy, fay si bien qu'il me donne la veuë
Du malheureux Pyrandre, & mets luy dans le poin
Quelque piece d'argent, ie t'atens dans ce coin.

SCENE QVATRIESME.

DORINE.   LE GEOLIER.

LISIMENE.   PYRANDRE.

DORINE.

HAu, *Monsieur le Concierge, vn mot ie vous*
suplie.

LE GEOLIER.

Que voulez-vous, Madame? ô Dieux! qu'elle est iolie!

N'ayant pas bien esté disposé tout le iour,
I'ay peur qu'elle me vienne icy prier d'Amour.

DORINE.

Ce ieune Caualier que vous auez en garde,
Ne se peut-il point voir?

LE GEOLIER.

Voyez qu'elle est mignarde:
C'estoit son amoureux, & sçait peut-estre aussi,
Que d'vn pied dans ce iour il doit estre accourcy.
Non il ne se peut voir, si cela vous ameine,
Retournez au logis ; vous perdez vostre peine.

DORINE.

Voicy dix escus d'or, ie ne veux rien pour rien :

LE GEOLIER.

Ma foy ie croy que c'est vne fille de bien :
Elle est honneste, entrez ; & faites diligence
De voir ce Criminel, vous sçauez la deffence.

DORINE.

Madame, approchez-vous, Monsieur en est content:

LE GEOLIER.

Entrez, & hastez-vous, ne caquetez pas tant:
Pyrandre aura bien tost sentence criminelle,
De peur du Iuge, icy ie fais la sentinelle.

LISIMENE.

He bien cœur infidelle! he bien volage Amant!
Estes-vous bien payé de vostre changement?
Le Ciel n'est-il pas iuste, Ame double, & pariure,
Auois-ie merité qu'on me fit cette iniure?
Orante, qui vous fait violer vostre foy,
Pour vous caresser plus, vaut elle mieux que moy?
Donc pour estre de vous plus dignement traittée,
Et pour vous sçauoir plaire, il faut estre effrontee?
Ingrat, dans le dessain que pour vous i'auois pris,
Ie n'attendois rien moins de vous, que ce mespris
Et i'eusse plustost creu la clemence cruelle,
Et tous les Dieux méchans, que Pyrandre infidelle.

PYRAN-

PYRANDRE.

Que vous faites, Madame, vn cháritable effort,
Si vous parlez ainſi, pour auancer ma mort!
Acheuant d'accabler ma conſtance abatuë,
Et ne permettant pas que le bourreau me tuë!
Si i'auois à l'amour d'Orante conſenty,
Si i'auois d'vn ſeul point mon zele dementy,
Cherchãt ailleurs qu'en vous ma gloire, & ma fortune,
Ie voudrois endurer dix mille morts, pour vne.
Hé! Madame, pour Dieu connoiſſez vos appas,
Pour connoiſtre Pyrandre, & ne l'outragez pas.

LISIMENE.

Inſensé, que dis tu? n'es-tu pas ridicule,
De vouloir que ie ſois, ſeulle au monde incredule?
Ta fraude eſt manifeſte, & l'Aſtre qui nous luit,
A deſcouuert par tout le crime de la nuit.
Mais quand ie manquerois d'vne preuue ſi claire,
Voicy de bons teſmoins, cruel, ie t'ay veu faire;
Et cette fille encor, qui ſoutenoit ta foy,
T'attendoit au paſſage, & t'a veu comme moy.
Ie ne le cele point, l'extreme ialouſi,
Qu'à l'heure i'en conceu, troubla ma fantaiſie;

K

Et fit deſſus mon ame vn ſi cruel effort,
Que ſans plus differer, ie coniuray ta mort,
Intereſſant le Prince à faire la vengeance
De ton lache meſpris, & de ton inconſtance.
Mais quoy que ton forfaiɛ̃t ſoit aſſez aueré,
Ie me repens d'auoir ton malheur procuré;
Et viens la larme à l'œil, pleine d'inquietude,
Te demander pardon de cette promptitude.
Ie ne te puis haïr, nonobſtant tes humeurs,
Pyrandre, aſſeurément ie mourray, ſi tu meurs.

PYRANDRE.

Ie ſuis trop glorieux, Beauté plus que mortelle,
De voir venir ma mort d'vne cauſe ſi belle;
Et ie meurs trop content, puis que vous témoignez,
Que mon malheur vous touche, & que vous le pleignez:
Si ie puis en mourant obtenir la licence,
De vous iuſtifier icy mon innocence.
Que me ſeruiroit-il d'eſtre des Dieux abſous,
Si ie reſtois coupable encore deuant vous?
Madame, que ce Dieu, qui tient en main le foudre,
M'extermine coupable, & me reduiſe en poudre:
Que ie ſente creuer la terre ſous mes pas,
Que vaine Ombre ie ſois precipité là bas,
Sans vous reuoir au Ciel, noſtre commune attente,

Si i'adheray iamais à l'amitié d'Orante.
A voſtre objeſt diuin i'eſtois trop arreſté;
Que ſert de vous cacher icy la verité?
Voſtre frere, Madame, a cauſé ma diſgrace;
Touché de ſon amour, ie le mis en ma place,
Appellé chez Orante, à qui ie fis ce tour,
Pour la crainte que i'eus d'offencer noſtre Amour.
Cependant la pauurete eſtant preoccupée,
Ne le reconnut point, & ſe trouua trompée:
Araxe les ſuprit, comme vous auez ſceu;
Pyroxcne échapa, ſans en eſtre apperceu;
Me fit ſauuer en haſte, & fus ſi miſerable,
Que d'eſtre pris: voila comment ie ſuis coupable.

LISIMENE.

Helas! ſi tu dis vray, Pyrandre, qu'à grand tort,
I'ay machiné ta perte, & procuré ta mort!
Et que te deſcouurant innocent, & fidelle,
Tu me deſcouures bien perfide, & criminelle!
Mais comment ſuis-ie encore en doute de ta foy?
Ie la lis dans tes yeux, Pyrandre, ie te croy:
La pure verité ſur ton viſage eſt peinte,
Et i'en ſens dans mon ame vne mortelle atteinte.
Si quand ie t'ay blamé, credule que i'eſtois,
I'ay pour toy ſouhaité de mourir mille fois;

K ij

Que faut-il que ie face auiourd'huy que i'epreuue
Ton ame, & qu'innocent deuant moy ie te treuue ?
O cœur plein de constance ! irreprochable Amant !
Crois-tu que ie suruiue à ta perte vn momant ?
Crois-tu que me bornant au remors qui me ronge,
Ie cherche d'euiter le gouffre où ie te plonge ?
Non, non, si mon effort ne te peut secourir,
Tu verras auiourd'huy si ie sçay bien mourir.
Il faut que pour ma gloire, autant que pour la tienne,
Ie marche la premiere, & que ie te preuienne.

PYRANDRE.

Parlez mieux, ma Deesse, & changez de propos ;
Si c'est vostre plaisir que ie meure en repos,
Dedans mes yeux troublez n'excitez point de larmes,
Au moment qui me reste à me plaire en vos charmes.
Vous, mourir pour Pyrandre ? euffay-je presumé,
Qu'vne si belle bouche e ist pour moy blasfemé ?
Viuez, si vous m'aimez, & dans l'obscure riue,
Souffrez qu'en vous encore apres ma mort ie viue.
Viuez, & prenez soin de prolonger vos iours,
Ou mourant auiourd'huy, ie mourray pour tousiours.
Viuez, puis qu'icy bas vous estes sans seconde,
Conseruez-vous au moins pour la gloire du monde.
Si pour l'amour de moy, vous ne vous conseruez,

Et ne meprisez pas le siecle où vous viuez.
Quel honneur auriez vous, ô Princesse adorable,
De vous perdre pour moy ? Ie suis trop miserable:
Le Ciel qui vous destine vn plus illustre Espous,
Témoigne en me perdant, qu'il a grand soin de vous.

LISIMENE.

Toy-mesme parle mieux . Ah ! tu m'as offencée,
Pyrandre est le premier que i'eus en la pensée ;
Et ie luy puis iurer aussi que desormais,
Il sera le dernier que i'aimeray iamais.
I'en donneray tantost vne preuue si belle,
Qu'il n'en doutera plus.

PYRANDRE.

Injustice cruelle,
Vous perseuerez donc encor' en ce Destin ?
Ces mots me font autant de poignars dans le sein.
Dites-moy seulement cestui-cy plein de flame,
Et meslé de pitié ; va-t'en en paix mon Ame.

DORINE.

O Dieux ! qui dans l'objet de si grandes douleurs,
K iij

Seroit assez constant pour retenir ses pleurs?

PYRANDRE.

Madamé, espargnez-vous.

LE GEOLIER.

                              Si ie n'ay la berluë,
Ie voy venir de loin le Iuge dans la ruë.
Sans doute c'est luy-mesme, allons viste, sortez,
Sortez de par le Diable, & vous diligentez.
Le Iuge vient icy prononcer la sentence
Au pauure Criminel.

PYRANDRE.

                              Ie pers toute esperance.

LISIMENE.

Helas! le cœur me fend au sortir de ce lieu;

PYRANDRE.

Ie ne vous verray plus, receuez mon Adieu.

LISIMENE.

Puis qu'vn mauuais Destin nos deux pertes assemble,
Ne me dy point Adieu, nous partirons ensemble.

LE GEOLIER.

S'il auoit sa lunette, il les verroit sortir;
En tout cas, i'auois fait desja fonds pour mentir.

Fin du quatriesme Acte.

L'HEVREVSE
TROMPERIE.
TRAGE-COMEDIE.

ACTE CINQVIESME.

SCENE PREMIERE.

LE ROY ACCOMPAGNE'.
ARAXE.

LE ROY.

Ve peu d'hommes contens en ce mortel se-
jour,
Iouïssent en repos de la clarté du iour!
Et que mille accidens font bien voir que nous sommes,
Sujets

Sujets aux loix du Sort, comme les autres hommes.
Quant à moy deſſus tous ie le ſens rigoureux,
Le Soleil n'a point veu de pere mal-heureux,
Qui plus que moy iamais en ſon infame race,
Ait des Cieux irritez, eſprouué la diſgrace.
N'eſtoit-ce point aſſez que mon fils mal-faiſant,
Fuſt à tous mes ſujets comme à moy deſplaiſant?
Sans qu'encor ie perdiſſe au mal-heur de ma fille,
Ce peu qui me reſtoit d'honneur en ma famille?
Pauure fille, qui fus tout mon contentement,
Et que du fonds du cœur i'aimay ſi tendrement!
Ah! que tu reſpons mal à la belle eſperance,
Que toute l'Albanie auoit de ta naiſſance!
Tu viuois pure & chaſte, auant qu'vn Suborneur
Fut venu tendre icy le piege à ton honneur.
Toutes tes actions ne buto'ent qu'à me plaire,
Et tu me conſolois des deffaux de ton frere.
Mais le traiſtre Pyrandre a ton mal procuré;
Pour le trop honorer, il m'a deshonoré:
Ie me prens à moy ſeul de toute ta diſgrace,
Car mon trop de careſſe a cauſé ſon audace.

ARAXE.

Monſieur, vous l'en verrons punir tout maintenant:

                              L

LE ROY.

Il fort.   Retirez-vous d'icy, Brutal, impertinent.
Ce fot qui de l'honneur ne fit iamais de conte,
A creu faire vn chef-d'œuure, en procurant sa honte!
Quoy que pour mes pechez le Ciel me l'ait donné,
Ie ne le puis souffrir, car il est trop mal né.
Par tout où ie le voy, mon chagrin il augmente :
Voyez comme le mal de sa sœur le tourmente ?
Pauure fille perduë, helas ! que ie te plains,
Et que ton Affronteur, que ie tiens en mes mains,
Pour rendre absolument ma vengeance assouuie,
Et pour lauer son crime, a bien peu d'vne vie !
Que pleurant pour iamais ce qu'il nous a volé,
Ie seray de sa mort foiblement consolé !
Atys luy doit auoir prononcé la sentence,
Et i'attens son retour auec impatience,
Car ce Monstre desia deuroit estre estouffé :
Le voicy qui vers moy s'en vient fort eschauffé.
Il aura descouuert quelque nouueau mistere,
Car il parest émeu bien plus qu'à l'ordinaire.

SCENE SECONDE.

ATYS, IVGE CRIMINEL.
LE ROY.

ATYS.

SIRE, ie viens en haste, & d'aise transporté,
Conter vn cas estrange à vostre Majesté.

LE ROY.

Quel?

ATYS.

Ce vaillant Herôs, que Pyrandre on appelle,
A qui i'ay prononcé la sentence mortelle,
Est vostre fils Araxe.

LE ROY.

Araxe! te ris tu?

ATYS.

Ah! Sire, le remors dont ie suis combatu,

L ij

Ne veut que plus long-têps ie vous cache vne histoire,
Que d'vn autre que moy vous auriez peine à croire.

LE ROY.

Despesche.

ATYS.

Il vous souuient que recherchant vn iour
La Princesse Doris, d'vne idolatre Amour;
L'enfant que vous auiez de la defuncte Reine,
Rendit absolument vostre recherche vaine:
Parce qu'elle iugea qu'estant le premier né,
L'Estat selon nos Loix luy seroit destiné;
Et que ceux qui viendroient du second mariage,
N'auroient outre ses biens, qu'vn petit appennage.
Cela fit que l'Amour vous tenant en ses rets,
Vous pristes le grand deuil cinq ou six mois apres,
Et pour gaigner le cœur d'vne si belle Dame,
Descouurant à moy seul le secret de vostre ame,
Triste, & dedans vn coin de ce Palais reclus,
Vous fites croire à tous qu'Araxe n'estoit plus;
Et fites enterrer vne buche en sa place,
Feinte, qui vous acquit la Princesse de Thrace.
Or de peur que ce Fils, qui vous estoit si cher,

Fuſt veu de voſtre Eſpouſe, & le voulant cacher,
Vous m'en chargeaſtes, Sire, & la peine infinie,
Que i'eus à l'eſleuer aux confins d'Albanie,
Dans ma douce famille, où nous viuions contens,
Ne le fit pas chez moy demeurer plus long temps.
Ce genereux Enfant gardé ſans desfiance,
Comme s'il euſt ſenty ſon cœur en ſa naiſſance,
Dés l'âge de dix ans s'eſchappa de mes mains ;
Nous courumes apres, mais nos pas furent vains.
Cette perte effroya toute noſtre famille,
Et iugeay qu'en huit ans n'ayant eu qu'vne fille,
Vous ne manqueriez pas de me redemander
Ce gage, qu'en ſecret vous m'auiez fait garder.
Me ſouuenant alors, grand & iuſte Monarque,
Qu'au bras, du jus d'vn herbe il auoit vne marque,
Qui ne s'effaçoit point par l'iniure du temps,
I'en fis vne pareille à l'vn de mes Enfans,
Qui luy reſſembloit d'âge, & de poil, & de taille,
Et c'eſt ce mal-heureux qui ne fait rien qui vaille,
Et qui vous accablant de chagrin, & d'ennuy,
Paſſe bien fauſſement pour Araxe auiourd'huy.
Ie fis, ie le confeſſe, vne faute bien grande :
Mais, Sire, à deux genoux le pardon i'en demande.
Si mon eſprit confus ne ſe fuſt aduiſé,
De rendre pour Araxe vn Enfant ſuppoſé,
Outre ma penſion ſeul ſouſtien de ma race,

L   iij

I'euſſe perdu l'honneur de voſtre bonne grace.
Pour monſtrer ma candeur, & ma ſincere foy,
Si toſt que le vray Prince a paru deuant moy,
I'ay couru deuers vous en telle diligence,
Que ce ſeul procedé marque mon innocence.
I'eſtois aſſez marry que mon Fils hebeté
Cauſaſt tant de degouſt à voſtre Majeſté.

LE ROY.

Si tu dis verité, cette hiſtoire m'eſtonne;
Mais quoy qu'il en puiſſe eſtre, Atys, ie te pardonne.
Leue-toy, tu n'aurois icy rien témoigné,
Si ç'euſt eſté ton but que ton Fils euſt regné.
Mais comme as-tu connu le mien en ce Pyrandre?
Penſe à ce que tu dis, garde de te meſprendre.

ATYS.

C'eſt luy, Sire, qui m'a le premier reconnu;
Lors que dans la priſon, vers luy ie ſuis venu
Prononcer grauement ſa ſentence derniere,
Arreſtant fixement deſſus moy ſa paupiere;
Mon Pere, m'a-til dit, les Dieux trop irritez
De mes preſumptions, & de mes vanitez,
Sont iuſtes aujourd'huy, de vouloir que la vie,

Par voſtre iugement, me ſoit icy rauie.
I'ay caché par orgueil le lieu d'où ie ſuis né :
I'ay caché l'eſtre obſcur que vous m'auez donné ;
I'ay dementi par tout mon nom , & ma naiſſance,
Et le Ciel vient par vous vanger mon arrogance.
Il m'a tenu beaucoup de ſemblables diſcours ;
Tantoſt en ſa miſere implorant mon ſecours,
Tantoſt vous accuſant d'excez de Tirannie,
Pour le punir d'vn rapt, qu'abſolument il nie.
Bref diſcernant ſes trais , & voyant ſon bras nu,
Marqué du jus de l'herbe , en fin ie l'ay connu.

LE ROY.

N'en doutons plus , Amy: Pyrandre que i'eſtime
Pour ſes rares vertus, eſt mon fils legitime;
Et c'eſt en quoy le Ciel, injuſte, & rigoureux,
S'esforce de me rendre encor plus mal heureux.
Son crime en ce cas là plus viuement me touche,
Sans connoiſtre ſa ſœur il a ſouillé ſa couche ;
Ie penſe rencontrer vn Enfant vertueux ,
Et ie trouue auſſi-toſt qu'il eſt inceſtueux.
I'ay ſon crime en horreur , Atys, i'en deſeſpere:
As-tu veu de ta vie vn ſi mal heureux Pere ?
Ie ne receus iamais vne faueur du Ciel,
Qu'auſſi-toſt ſa rigueur n'entremeſlaſt de fiel.

ATYS.

Dieux! ie ne songeois pas à ce mal-heur extreme:

SCENE TROISIESME.

PYROXENE. LE ROY.

PYROXENE.

PEut-estre auec le temps Dieu fera qu'elle m'aime,
Trauaillons cependant pour Pyrandre *&* pour
Il est temps, ou iamais, de detromper le Roy,   [moy,
Ie ne veux plus qu'icy la crainte me surmonte:
Monsieur, ie viens confus de l'excez de ma honte,
M'accuser à vos pieds d'vn damnable forfait,
Dont ie suis le ministre, *&* que l'Amour a fait.

LE ROY.

Mon Neueu qu'elle faute auriez-vous bien commise?
Telle qu'elle puisse estre, elle vous est remise.
Leuez-vous.

PYROXENE.

Voyez, Sire, où l'Amour m'a reduit:
Ie suis

PYROXENE.

Voyez, Sire, où l'Amour m'a reduit:
Ie suis le seul Autheur du crime de la nuit.
Pyrandre n'a failly qu'en me donnant l'audace,
De monter chez Orante, & d'aller en sa place.
C'est moy qu'on poursuiuit, & qui suis son Espous,
Moderez, grand Monarque, icy vostre courrous ;
Et daignant accorder Orante à Pyroxene,
Tirez-la de prison, & mon amy de peine.

LE ROY.

Si vous parlez sans feinte, au lieu de m'offencer,
I'ay sujet, mon Neueu, de vous bien caresser:
Car vous m'ostez du cœur vne espine mortelle;
Mais vous pouuant bien mieux introduire chez elle,
Que Pyrandre, pourquoy ne m'en parliez vous pas?

PYROXENE.

La Belle destournoit ailleurs tous ses appas:
I'estois prest à partir, ie manquois d'asseurance,
Et sans Pyrandre enfin, i'estois sans esperance.

M

LE ROY.

Qu'on le face venir en ce lieu promptement;
Dieux! s'il eſtoit ainſi, quel heureux changement!
Que ie verrois de bien ſucceder à ma peine!
Mais i'apperçoy venir voſtre ſœur Liſimene,
Qui teſmoigne à ſes yeux encor noyez de pleurs,
Qu'elle cache en ſon cœur de ſecrettes douleurs.

SCENE QVATRIESME.

LISIMENE, LE ROY, PYRANDRE,

PYROXENE, ORANTE, ATYS, &c.

LISIMENE.

MOnſieur, pardonnez-moy, ſi ie vous fais entendre,
Qu'on ne peut iuſtement faire mourir Pyrandre.

LE ROY.

Pourquoy?

LISIMENE.

Pource qu'il est innocent en effet;

LE ROY.

Feignez qu'il ne va rien icy de vostre fait.
Ayons-en le plaisir, qui donc est le coupable ?

Il se
tourne
vers Py-
roxene.

LISIMENE.

De tant de lacheté mon frere est-il capable ?
Il ne dit mot du Rapt, voicy le seul Autheur:
Pyroxene a tout fait, tu sous-ris, Affronteur ?
Et tu vois d'vn œil sec pour toy dans l'infamie
La fleur de tes amis, & ta meilleure amie:
N'as-tu pas ce bon Prince encor desabusé?
Ne t'es-tu pas encor à ses pieds accusé?
Ie t'ay cherché par tout, Ingrat, fay moy responce,
Tu ne vaux rien, pour frere icy ie te renonce.

LE ROY.

Si Pyrandre innocent, & plein de liberté,
Passe icy pour mon fils, au lieu d'vn hebeté,

M ij

Dont à peine mon ame est encore guerie,
Dites-moy, ma Mignonne, en serez-vous marrie?

LISIMENE.

S'il est tel en effet, & qu'il soit mon mary,
Dites-moy, grand Monarque, en serez-vous marry?
Mais las! ce doux espoir m'a vainement flattée,
Tu ris, ne me tiens point en suspens arrestée.
Ne me fay plus languir, mon cher frere, dy moy,
Si mon Pyrandre est libre, & s'il est fils du Roy?

PYROXENE.

Quoy? vous me cachez donc le fonds de la pensée?

LISIMENE.

Amour, ie connois bien que ie suis exaussée
Voicy l'vnique obiet de ma sainte amitié,
Que les Dieux ont daigné regarder en pitié.
O Ciel! qui veux qu'encor icy ie le reuoye,
Change mes pleurs d'angoisse en des larmes de ioye.

LE ROY.

Approchez-vous, Pyrandre, en toute seureté,

Ie veux ſçauoir de vous l'entiere verité.
Parlez moy librement, ma fille infortunée
S'eſt elle iointe à vous d'vn furtif Hymenée?

PYRANDRE.

Ce Prince plus ſortable à ſon Amour que moy,
Sous mon nom receut d'elle, & luy donna la foy.
Ils ſont d'âge, de mœurs, & de naiſſance eſgale;

LE ROY.

Et comme eux vous ſortez de ſemence Royale,
Vous auez eſté fils d'Atys, iuſqu'auiourd'huy;
Mais vous eſtes le mien, & mon vnique appuy.
Puisque vous n'eſtes point coupable de l'inceſte,
Ie rends voſtre naiſſance à chacun manifeſte.
Embraſſez-moy, mon fils, baiſez moy mon enfant:

LISIMENE.

O pere bien-heureux! ô Regne trionfant!

LE ROY.

Qu'on m'ameine ma Fille.

PYRANDRE.

Eſt il vray que tu veilles,

Pyrandre, croiras-tu tes yeux & tes oreilles?

LISIMENE.

Ouy, tu forces le Ciel de te combler de biens :
Mon ame, croy mes yeux, si tu ne crois les tiens.

PYRANDRE.

Non, ie ne veille point , ce seroit trop de croire,
Que ma Princesse encor fust témoin de ma gloire.

LISIMENE.

Si les illusions ont de si doux appas,
Puissay-je ainsi dormir, iusques à mon trépas.

PYRANDRE.

Et si ie gouste en songe vne telle merueille,
Et de si doux plaisirs, que iamais ie ne veille.

LISIMENE

Resueille toy , Pyrandre, & regarde à quel point ,
Vn heur incomparable à ton merite est joint.

PYRANDRE.

Puis que vous m'éclairez, doux obieɕt de ma flame,
Vn bon-heur eternel accompagne mon ame.

LISIMENE.

Pyrandre, fais au Roy ces obligeants rappors,

PYRANDRE.

Ah! Sire, pardonnez à de ſi doux tranſpors,
Cauſez d'vne Beauté, dont mon ame eſt rauie,
Ie luy doy, comme à vous, & l'honneur & la vie,
Mon cœur eſgallement entre vous partagé,
Doute auquel de vous deux il eſt plus obligé.

LE ROY.

Vraiment ces doux tranſports, me tranſportent moy-
        méme,
D'vn plaiſir incroyable, & d'vn' amour extréme;
Et s'il ne tient qu'à moy, dedans fort peu de temps,
Enſemble vous viurez, bien-heureux, & contens.

PYRANDRE.

O grace nompareille!

LISIMENE.

O bonté sans exemple!

PYRANDRE.

Pouuoy-ie desirer vne gloire plus ample?

LE ROY.

Voicy ma pauure fille, ah! qu'elle fait pitié!
Son visage en vn iour est changé de moitié.
Consolez-vous, ma fille, & tarissez vos larmes,
Resueillez vos Amours, & r'animez vos charmes.
Tout rit à mes souhaits, mon ame, asseurez-vous,
Qu'en toute liberté vous aurez vôtre Espous.

ORANTE.

Helas! s'il est ainsi, d'ennuy ie me deliure,
Et reprens de bon cœur la volonté de viure.

Mais,

Mais, Monsieur, à ces mots si pleins de passion,
Pyrandre ne temoigne aucune émotion ?
L'Ingrat destourne ailleurs, & ses yeux, & son ame,
Comme s'il me sentoit indigne de sa flame.

PYROXENE.

Il sçait, belle Princesse, en sa iuste froideur,
Que vous vous deuez toute à ma fidelle ardeur.

ORANTE.

Tu perseueres donc encor', Ame importune,
A troubler en ce lieu mon aise, & ma fortune ?

PYROXENE.

Au contraire, ie viens dans mes vœux redoublez,
Rendre le calme entier à vos esprits troublez.

ORANTE.

Ah ! ne m'afflige plus de ta peine amoureuse,
Souffre qu'apres mes maux le Roy me rende heureuse :
N'empesche point ma joye, & ne diuerty pas,
Vn bien, qui me peut seul garantir du trépas.

N

LE ROY.

Puißions-nous vous & moy perdre plustost la vie,
Que vostre volonté soit en ce point suiuie.
Ma fille, apprehendez le celeste courrous,
Pyrandre est vostre frere, & voicy vostre Espous.

ORANTE.

Ah! Sire.

LE ROY.

Chassez-moy cette humeur frenetique:
Ie iure que Pyrandre est vostre frere vnique,
Pyroxene en son lieu vous a donné la foy.

PYRANDRE.

Croyez, ma chere sœur, ce que vous dit le Roy,
Et iugez si la voix du Prince Pyroxene,
Qui seul vous a parlé, se rapporte à la mienne.

PYROXENE.

Quand vous aurez le cœur, & les yeux adoucis,

Et que vous m'entendrez parler d'vn sens raßis ;
I'espere, ma Deeße, à la fin que voftre ame,
Ne defauoura point les preuues de ma flame ;
Et que vous permettrez que le iour qui nous luit,
Refponde à la faueur d'vne fi douce nuit.
Cognoiffez voftre Efpous, Beauté plus que mortelle,
Qui vous iure à genoux vne Amour eternelle.
Voyez ces pleurs témoins de la fincerité
D'vn cœur inébranlable en fa fidelité.
Sçachez-moy quelque gré de vous auoir trompée,
Puis que Pyrandre auoit l'ame ailleurs occupée,
Et que dedans la voftre vn feu pernicieux,
Eftoit preft d'offencer, & la terre, & les Cieux.

ORANTE.

O Dieux ! qu'ay-je entendu? que ie fuis esbloüie !
Que l'on m'eftonne l'ame, & les yeux,& l'oüie !
Que Pyrandre eft mon frere ;

LE ROY.

                    Il eft vray, mon defir,
Et tu fçauras comment tantoft tout à loifir.

N ij

ORANTE.

Aimable Pyroxene! en ce cas-là i'avoüe,
Que i'ay mal reconneu ta flame, que ie loüe,
Et puis qu'il plaist au Roy par mille bons effets,
Amour reparera les torts que ie t'ay faits.

PYROXENE.

Que ce propos est doux! qu'il a pour moy de charmes!
A ce coup ie benis mes sanglots, & mes larmes;
Et ne me souuiens plus de mes trauaux passez,
Puis que si dignement ils sont recompensez.

LE ROY.

Ie m'en vay despescher en Thrace au Roy mon frere,
Et l'inuiter icy, pour vos nopces parfaire.
Viuez pleins d'allegresse, ô bien-heureux Amans;
Ie vous respons à tous de vos contentemens.

SCENE DERNIERE.

LE FAVX ARAXE.

LE ROY, &c.

MOnsieur, tous ces Maraux destinez pour me
    suiure,
Me viennent rire au nez, comme si i'estois yure:
M'abandonnent tout seul, & se mocquans de moy,
Demandent si ie pense estre le fils du Roy?

LE ROY.

Toy-mesme qu'en crois-tu?

ARAXE.

        Belle demande, Sire!
Si ie ne l'estois pas, l'auriez-vous voulu dire?

LE ROY.

Il est temps, mon amy, de te desabuser,

Pour mon enfant perdu l'on te vint supposer:
Voy si ce Prince icy, qui vers nous s'achemine,
N'en a pas mieux que toy le visage, & la mine.

ARAXE.

C'est peut-estre, Monsieur, quelqu'vn de vos bastars,
Qui pour s'estre trouué dans cinq ou six hazars,
Vous en baille à garder, & vous en fait accroire ;

ATYS.

Pardonnez-luy, grand Prince, & souffrez, en memoire
Du beau titre d'honneur qu'il a jadis porté,
Qu'il ait quelque bien-fait de vostre Majesté.

PYRANDRE.

En ce cas il auroit Dorine pour Espouse ;

DORINE.

C'est vn ioly party, Monsieur, entre autre chouse.

LE ROY.

Pour respect de son titre, & pour connoistre aussi

Le seruice du pere en cette affaire icy,
Ie le fais Cheualier d'honneur de la Princesse,
Et luy donne de plus Dorine pour Maitresse.

DORINE.

Puis qu'il est honoré de cette qualité,
Sire, ie vous rends grace en toute humilité.

ATYS.

Grand Roy, vous honorez par trop vos creatures:

LE ROY.

Allons tout preparer pour les nopces futures.

FIN.